Knut Hamsun

Eine ganz gewöhnliche Fliege

und andere heitere Erzählungen

Herausgegeben und mit einem Nachwort von Gabriele Haefs

RECLAM

Inhalt

Die Königin von Saba 7
Mit dem Kutschpferd 37
Eine ganz gewöhnliche Fliege mittlerer Größe 47
Hinein in den süßen Sommer 55
Frauensieg 79
Auf Tournee 91
Die Stimme des Lebens 117
Kleinstadtleben 125
Weihnachtliches Gelage 151
Eine Straßenrevolution 159
Episode in London 173

Zu dieser Ausgabe 181
Nachwort 183

Die Königin von Saba

Man reist ein bisschen herum, zieht von einem Ort zum anderen, und das Schicksal will es, dass man dabei Menschen wiedertrifft, die man schon einmal gesehen hat, ihnen plötzlich an unerwarteten Orten begegnet, so dass man vor lauter Überraschung ganz vergisst, den Hut zu ziehen und zu grüßen.

Das geschieht mir oft, sogar sehr oft. Da ist nichts zu machen. Was mir 1888 passiert ist, hängt auf seltsame Weise mit einem Erlebnis zusammen, das ich dieses Jahr, erst vor knapp einer Woche, auf einer kleinen Reise nach Schweden hatte. Es ist so simpel wie unergründlich, alles lief so selbstverständlich ab; vielleicht ist es nicht einmal wert, es zu erzählen. Doch ich will es versuchen, so gut ich kann.

Als wir das letzte Mal beisammen waren, hast du gefragt ... ja, du weißt selbst, was du gefragt hast, das brauche ich nicht zu wiederholen. Ich hatte darauf geantwortet, dass, egal wie sehr ich mich bemühte, es mir nie etwas geholfen hatte, irgendetwas kam immer in die Quere, ich wurde zurückgewiesen, ich bekam eine Abfuhr erteilt. Und ich lüge nicht, ich werde dir beweisen, dass es stimmt. So nah dran wie bei diesem letzten Mal bin ich noch nie gewesen, und doch bekam ich auf schönste Weise eine Abfuhr erteilt. Da ist nichts zu machen.

I

1888 also erhielt ich Geld für eine kleine Reise irgendwohin – ich erzähle es so, wie es ist. Ich brach Richtung Schweden auf und wanderte fröhlich entlang der Bahngleise, während Tag für Tag ein Zug nach dem anderen an mir vorbeifuhr. Unterwegs traf ich viele Menschen, und alle diese Menschen grüßten mich, sie sagten »Grüß Gott!« und ich sagte auch »Grüß Gott«, weil ich nicht wusste, was ich sonst hätte antworten sollen. Als ich in Göteborg ankam, war mein erstes Paar Schuhe in einem jämmerlichen Zustand; aber darum geht es jetzt nicht.

Noch bevor ich nach Göteborg kam, ereignete sich der Vorfall, von dem ich nun erzählen will. Ich frage dich: Wenn dir eine Frau einen Blick durchs Fenster zuwirft und später keinerlei Notiz von dir nimmt, dann belässt du es dabei und machst dir keine Hoffnungen; du müsstest ein Narr sein, wenn du dir auf so einen kurzen beiläufigen Blick etwas einbildest. Aber wenn die Frau dich nicht nur mit größtem Interesse ansieht, sondern dir auch noch ihr Zimmer, ja sogar ihr Bett in einer schwedischen Posthalterei überlässt, ist das deiner Meinung nach nicht Grund genug, an ihre wahren Absichten zu glauben und ein kleines bisschen Hoffnung zu schöpfen? Ich finde schon, und ich habe bis zum Schluss gehofft: Vor einer Woche musste ich dafür sogar mit einer schmerzhaften Reise nach Kalmar bezahlen …

Ich kam schließlich an der Posthalterei in Bårby an. Es war schon spät am Abend und ich war seit dem Vormittag zu Fuß unterwegs gewesen, also beschloss ich, für heute Schluss zu machen. Ich ging in die Gaststube und fragte nach einer Mahlzeit und einer Unterkunft.

Ja, Essen sollte ich bekommen, aber eine Unterkunft

konnte man mir nicht anbieten, alle Zimmer waren belegt, das Haus war voll.

Ich sprach mit einem jungen Mädchen, der Tochter des Hauses, wie sich später herausstellte. Ich sehe sie an und tue so, als verstünde ich nicht, dass das Haus voll ist. Wollte sie mich spüren lassen, dass ich Norweger bin, ein politischer Gegner?

»Das sind eine Menge Wagen, die hier stehen«, sage ich beiläufig.

»Ja, hier übernachten viele Marktleute«, antwortet sie. »Wir haben kein einziges freies Bett mehr.«

Dann geht sie hinaus und bestellt mein Essen. Als sie zurückkam, begann sie wieder damit, wie ausgebucht das Haus sei. Sie sagte: Du kannst entweder zur nächsten Station weitergehen, nach Ytterån, oder ein Stück mit dem Zug zurückfahren. Hier ist, wie gesagt, alles voll. Ich verzieh dem naiven Kind, ich wollte mich ihr gegenüber auch nicht übertrieben mürrisch verhalten; aber ich hatte natürlich nicht vor, mich vor dem nächsten Morgen von hier wegzubewegen. Ich befand mich in einer öffentlichen Posthalterei, und ein Bett musste ich bekommen!

»Das Wetter ist fabelhaft«, sagte ich.

»Ja«, antwortete sie. »Es wird eine Freude sein, heute Abend nach Ytterån zu gehen. Es ist nicht weit, nur eine gute Meile.«

Jetzt wurde es mir aber zu viel, mit ernster Stimme sagte ich langsam:

»Ich gehe selbstverständlich davon aus, dass Sie mir hier und heute eine Übernachtung ermöglichen; ich möchte nicht mehr weitergehen, ich bin müde.«

»Aber wenn doch alle Betten belegt sind«, antwortet sie.

»Tja, das ist nicht mein Problem.«

Bei diesen Worten ließ ich mich mit meinem ganzen Gewicht auf einen Stuhl sinken.

Tatsächlich tat mir das Mädchen leid, sie schien mir nicht aus reiner Bosheit Schwierigkeiten bereiten zu wollen, sie hatte ein ehrliches Gesicht und ihren Hass auf die Norweger im Griff.

Sie können mir ein Bett bereiten, wo Sie wollen, gern auch hier auf dem Sofa, sagte ich.

Aber es stellte sich heraus, dass sogar das Sofa schon vergeben war!

Nun bekam ich es langsam mit der Angst zu tun. Wenn ich noch eine gute schwedische Meile laufen müsste, würde mich das meine Gesundheit kosten; eine gute Meile nimmt in Schweden nämlich kein Ende, das wusste ich.

»Herrgott nochmal, sehen Sie denn nicht, dass ich meine Schuhe zerschlissen habe?«, rief ich. »Sie jagen doch wohl niemanden in solchen Schuhen wieder vor die Tür?«

»Ja, aber die Schuhe werden morgen auch nicht besser sein«, merkte sie lächelnd an.

Nun, damit hatte sie recht, und ich wusste mir keinen Rat mehr. Im selben Moment geht die Tür auf und ein weiteres junges Mädchen stürmt herein.

Sie lacht über etwas, das ihr passiert ist oder woran sie gerade denkt, und sie öffnet den Mund, um davon zu erzählen. Als sie mich bemerkt, ist sie nicht im Geringsten verlegen, sondern schaut mich unverwandt an und nickt mir schließlich sogar zu. Dann fragt sie leise:

»Was ist denn los, Lotta?«

Lotta antwortet etwas, das ich nicht hören kann, aber ich verstehe, dass es bei ihrer Flüsterei um mich geht. Ich sehe die beiden an und lausche, als werde über mein Schicksal entschieden. Jetzt werfen sie einen verstohlenen Blick auf meine

Schuhe, und ich höre sie miteinander kichern. Die hinzugekommene junge Frau schüttelte den Kopf und war im Begriff, wieder zu gehen.

An der Tür drehte sie sich plötzlich um, als ob ihr etwas eingefallen wäre, und sagte:

»Aber ich kann heute Nacht doch bei dir schlafen, Lotta, dann kann er mein Zimmer haben?«

»Nein«, antwortet Lotta, »das können Sie wirklich nicht machen.«

»Aber natürlich kann ich das!«

Pause. Lotta denkt darüber nach.

»Nun ja, wenn Sie unbedingt wollen.« Dann – und an mich gewandt – fährt Lotta fort: »Das Fräulein möchte Ihnen also ihr Zimmer überlassen.«

Ich springe auf, nehme Haltung an und verbeuge mich, ich glaube, es gelang mir ganz ordentlich. Ich bedankte mich auch mit Worten bei dem Fräulein, sagte, dass sie mir eine Liebenswürdigkeit entgegengebracht habe, die in meinem Leben einmalig sei, und fügte abschließend hinzu, dass ihr Herz genauso gut sei wie ihre Augen schön – mein Fräulein! Damit verbeugte ich mich erneut und machte auch dieses Mal eine gute Figur.

Doch ja, ich schlug mich außerordentlich gut. Sie wurde rot und rannte mit einem lauten Lachen zur Tür hinaus, und Lotta rannte hinterher.

Ich blieb alleine zurück und dachte über die Sache nach. Es lief gut; sie hatte gelacht, war rot geworden und hatte gelacht, einen besseren Anfang gab es nicht. Mein Gott, wie jung sie war, kaum achtzehn Jahre, mit Grübchen in den Wangen und einer kleinen Kinnspalte. Kein Tuch um den Hals, nichts um den Hals, es gab nicht einmal ein paar Rüschen am Ausschnitt ihres Kleides, nur eine dünne Kordel. Und dazu das süße Gesicht mit einem schweren, dunklen Blick. So etwas hatte ich noch nie gesehen. Gut, sie hatte mich mit Interesse beobachtet.

Eine Stunde später sehe ich sie draußen auf dem Hof; sie hat sich in einen der leeren Kutschwagen gesetzt und knallt mit einer Peitsche. Wie jung sie ist und so voller Lebensfreude, sitzt dort ganz allein, summt und knallt mit der Peitsche, als wäre angespannt. Ich nähere mich ihr, verspüre den Drang, die Pferde zu ersetzen und die Kutsche selbst zu ziehen, ich lüfte meinen Hut und setze an, um etwas zu sagen.

Da steht sie auf einmal auf, groß und stolz wie eine regierende Fürstin, sieht mich einen Moment lang an und steigt aus der Kutsche. Das werde ich nie vergessen; obwohl sie keinen Grund hatte, sich so zu verhalten, war sie einfach großartig, wie sie so aufstand und ausstieg. Ich setzte meinen Hut auf und schlich mich beschämt davon. Verflucht sei diese Laune, die Kutsche ziehen zu wollen!

Andererseits: Was war los mit ihr? Hatte sie mir nicht gerade ihr Zimmer überlassen? Wozu dann diese Ziererei? Alles nur gespielt, sagte ich mir, sie tut nur so, ich kenne den Trick, sie will mich zappeln lassen, – gut, ich werde mich darein schicken, ich werde zappeln!

Ich setzte mich auf die Treppe und zündete meine Pfeife an. Um mich herum liefen die Händler hin und her; ab und an hörte ich, wie im Haus Flaschen geöffnet wurden und Gläser klirrten. Das Fräulein bekam ich nicht mehr zu sehen.

Die einzige Lektüre, die ich dabeihatte, war eine Karte von Schweden. Ich sitze da, rauche und ärgere mich, und schließlich hole ich die Karte aus der Tasche und fange an, sie zu studieren. Nach ein paar Minuten erscheint Lotta in der Tür, bereit, mich auf mein Zimmer zu geleiten, wenn ich es wünsche. Es ist bereits zehn Uhr, ich stehe auf und gehe mit. Im Flur treffen wir auf das Fräulein.

Jetzt passiert etwas, an das ich mich bis ins kleinste Detail erinnere: Die Vertäfelung im Flur ist gerade frisch gestrichen worden, doch davon weiß ich nichts, ich trete zur Seite, als wir das Fräulein treffen, und schon ist das Malheur passiert. Das Fräulein schreit auf:

»Die Farbe …!«

Aber es ist zu spät, ich habe meine linke Schulter vollständig ans Paneel gedrückt.

Sie sieht mich völlig bestürzt an, schaut dann zu Lotta und fragt: »Was machen wir denn jetzt damit?«

Sie sagte wortwörtlich: Was machen wir jetzt damit? Und Lotta antwortet, dass wir es mit etwas abreiben sollten, woraufhin sie in Gelächter ausbricht.

Wir gehen zurück zur Treppe, und Lotta findet etwas, womit sie mich abreiben kann.

»Seien Sie bitte so gut und setzen sich hin«, sagt sie, »sonst komme ich da nicht heran.«

Und ich setze mich hin.

Dann beginnen wir zu plaudern …

Ob du es mir nun glaubst oder nicht, – ich sage dir, als ich mich an dem Abend von dem Fräulein verabschiedete, war ich bester Hoffnung. Wir hatten über alles Mögliche geredet, getratscht und gelacht, und ich bin sicher, es war mindestens eine Viertelstunde, die wir dort auf der Treppe saßen und plauderten. Und dann? Nein also, ich will mich auch gar nicht damit brüsten; aber ich hätte nicht gedacht, dass eine junge Dame einem Mann eine gute Viertelstunde lang ein Gespräch sozusagen unter vier Augen gönnt, ohne etwas damit zu beabsichtigen. Als wir uns schließlich trennten, sagte sie obendrein zweimal »Gute Nacht«, am Schluss öffnete sie die Tür noch einmal einen Spalt, sagte ein drittes Mal langsam »Gute Nacht« und schloss die Tür wieder. Dann hörte ich, wie sie und Lotta drinnen herzhaft zu lachen begannen. Ja, wir waren alle in ausgezeichneter Stimmung.

Ich mache mich auf den Weg in mein Zimmer – ihr Zimmer. Es war kahl, das übliche Zimmer in einer Posthalterei mit nackten, blau gestrichenen Wänden und einem niedrigen, schmalen Bett. Auf dem Tisch lag eine Übersetzung von Ingrahams *Der Fürst aus dem Hause Davids*. Ich begann, in dem Buch zu lesen. Noch immer höre ich das Kichern und Lachen aus dem Zimmer der jungen Mädchen. Was für ein herrliches Geschöpf, dieser dunkle Blick in dem jungen Gesicht! Wie munter sie lachen konnte, wo sie doch so stolz aussah!

Ich versank in meinen Gedanken; die Erinnerung an sie glühte stumm und mächtig in meinem Herzen.

*

Am Morgen wurde ich davon geweckt, das mich etwas heftig in die Seite stach, – es stellte sich heraus, dass ich zusammen mit dem Fürsten aus dem Hause Davids im Bett gelegen hatte. Jetzt aber auf und schnell angezogen, es war neun Uhr!

Ich gehe hinunter in die Stube, um zu frühstücken; das Fräulein ist nicht zu sehen. Ich warte eine halbe Stunde, sie kommt nicht. Schließlich frage ich höflich bei Lotta nach, wo das Fräulein abgeblieben sei.

»Ja«, antwortet Lotta, »das Fräulein ist abgereist.«

»Abgereist? Gehörte das Fräulein nicht zum Haus?«

Nein, das Fräulein wohne oben im Herrenhaus. Sie habe frühmorgens den Zug genommen, sie wolle nach Stockholm.

Ich war sprachlos. Sie hatte mir natürlich nicht einmal einen Brief, keinen Zettel hinterlassen; ich war so entmutigt, dass ich nicht nach ihrem Namen fragte, mir war alles einerlei. Nein, man sollte sich niemals auf die Treue einer Frau verlassen.

Mit betrübtem Blick und verwundetem Herzen wanderte ich weiter nach Göteborg. Wer hätte das gedacht, sie hatte so ehrlich und stolz ausgesehen! Aber gut, ich wollte es nehmen wie ein Mann; niemand im Hotel sollte sehen, woran ich litt …

Zu der Zeit stellte Julius Kronberg gerade sein großes Gemälde »Die Königin von Saba« in Göteborg aus. Wie alle anderen musste auch ich hin und mir dieses Gemälde ansehen, und als ich es sah, war ich völlig fasziniert. Das, was mich am meisten verblüffte, war, wie sehr die Königin meinem Gutsfräulein ähnelte, – nicht wenn sie lachte und scherzte, sondern in dem Moment, als sie aufrecht in der leeren Kutsche stand und mich marterte, weil ich die Pferde abspannen wollte. Gott weiß, dass ich die Pein erneut in meinem Herzen spürte! Das Bild ließ mich nicht in Ruhe, es erinnerte mich zu sehr an mein verlorenes Glück. Eines Nachts inspirierte mich das zu meiner bekannten Kunstkritik, »Die Königin von Saba«, die am 9. Dezember 1888 im Dagbladet erschien. In dieser Kritik schrieb ich Folgendes über die Königin:

»Es ist eine reife Äthiopierin, neunzehn Jahre alt, schlank, aufreizend schön, als Majestät und als Frau … Mit der linken Hand hebt sie gerade den Schleier vor ihrem Gesicht und richtet ihren Blick auf den König. Sie hat nichts Dunkles an sich, selbst ihr schwarzes Haar wird von dem silberglänzenden Diadem, das sie trägt, verdeckt; sie sieht aus wie eine Europäerin, die in den Orient gereist ist und einen Hauch zu viel von der heißen Sonne abbekommen hat. Aber ihre

Augen haben die dunkle Farbe, die ihre Heimat verrät, den schweren und zugleich feurigen Blick, der den Betrachter zusammenzucken lässt. Diese Augen vergisst man nicht, man wird sich noch lange an sie erinnern und ihnen im Traum wiederbegegnen ...«

Das mit den Augen klingt schön; solche Worte bringt man nicht hervor, ohne etwas Entsprechendes im Herzen zu fühlen, da kann man fragen, wen man will. Und von diesem Tag an habe ich in meinem Herzen dieses wundervolle Mädchen von der Posthalterei in Bårby immer die Königin von Saba genannt.

II

Ich bin noch nicht fertig mit ihr, nach vier Jahren taucht sie wieder auf, jetzt vor knapp einer Woche.

Ich reise von Kopenhagen nach Malmö, um dort einen Menschen zu besuchen, und dieser Mensch erwartet mich – ich erzähle es wieder genauso, wie es ist. Meine Sachen sind bei Kramer untergebracht, und ich habe ein Zimmer zugewiesen bekommen; ich gehe los, um diesen Menschen zu treffen, der mich erwartet, aber zuerst will ich einen kleinen Spaziergang hinunter zum Bahnhof machen, um mich ein wenig zu sammeln. Dort treffe ich einen Mann, mit dem ich ins Gespräch komme; und während ich so dastehe und etwas zu diesem Mann sage, sehe ich auf einmal ein Gesicht in einem Zug, der kurz davor ist abzufahren, und das Gesicht wendet sich mir zu, zwei Augen mustern mich, – bei Gott, es ist die Königin von Saba!

Ich springe augenblicklich in den Zug, und wenige Sekunden später fahren wir auch schon.

Nun, das ist Schicksal. Dass ich sie nach vier Jahren plötzlich wiedersehe und dass ich in einen anfahrenden Zug springe, während alle meine Sachen bei Kramer zurückbleiben, das ist Schicksal, da ist nichts zu machen. Übrigens hatte ich auch meinen Mantel hängenlassen, ich hatte wirklich nur meine Reisetasche über der Schulter; in diesem Zustand bin ich in den Zug gestiegen.

Ich schaue mich um, ich bin in einem Abteil der Ersten Klasse gelandet, in dem schon ein paar Reisende sitzen. Gut, ich setze mich zu ihnen und mache es mir mit einer Zigarre und etwas Lektüre gemütlich. Wohin würde mich das Schicksal jetzt führen? Ich würde dorthin reisen, wohin die Königin von Saba reiste, es galt, sie abzupassen; wo sie ausstieg, wollte ich auch aussteigen, es war meine Mission, sie zu treffen. Als der Schaffner kam und nach meiner Fahrkarte fragte, hatte ich keine Karte.

Aber wo wollte ich hin?

Das wusste ich nicht so recht, aber …

Ja, dann müsste ich bis Arlöf bezahlen, mit einem Aufschlag von vierzig Öre.

In Arlöf musste ich dann eine weitere Fahrkarte kaufen.

Ich tat, was der Schaffner sagte, und zahlte mit Freude extra. In Arlöf kaufte ich dann eine Fahrkarte nach Lund, die Königin von Saba wollte vielleicht jemanden in Lund besuchen, und ich wollte sie im Auge behalten.

Aber sie stieg in Lund nicht aus.

Nun musste ich erneut beim Schaffner bezahlen, diesmal bis Lackalänga, und wieder vierzig Öre extra, – das machte achtzig. In Lackalänga kaufte ich sicherheitshalber gleich eine Fahrkarte bis Hessleholm, woraufhin ich mich wieder setzte, ich war mittlerweile ziemlich nervös wegen dieser verzwickten Reise. Obendrein nervten mich die Gespräche der anderen Reisenden; was in Gottes Namen ging es mich an, dass in Hamburg die Maul- und Klauenseuche ausgebrochen war? Meine Mitreisenden waren wahrscheinlich Bauern, einfache schwedische Viehhändler, sie sprachen zweieinhalb Stunden lang von nichts anderem als der Maul- und Klauenseuche in Hamburg. Ja, das war wirklich überaus interessant! Und außerdem: Wartete da nicht auch ein Mensch auf mich in Malmö? Gut, lass den Menschen warten!

Doch die Königin von Saba stieg auch nicht in Hessleholm aus.

Langsam werde ich wütend, in Balingslöf bezahlte ich dem Schaffner weitere vierzig Öre extra, – das waren jetzt insgesamt schon eine Krone und zwanzig extra, – und in Balingslöf nehme ich mit zusammengebissenen Zähnen eine Fahrkarte direkt bis nach Stockholm. Das kostete mich einhundertachtzehn Kronen in bar, hol mich der Teufel, wenn ich lüge! Es war ja klar, dass die Königin von Saba auch jetzt nach Stockholm wollte, genau wie beim letzten Mal vor vier Jahren.

Wir fahren Stunde um Stunde, an jeder Station passe ich auf, aber sie steigt nicht aus. Ich sehe sie im Abteilfenster, und sie beobachtet mich aufmerksam; ach, ihre Gefühle für mich waren nicht weniger geworden, das konnte ich deutlich erkennen. Aber ein wenig verlegen war sie, und sie senkte den Blick, wenn ich an ihrem Abteil vorbeiging. Ich grüßte nicht, das vergaß ich jedes Mal; wäre sie nicht in dieser Schachtel von Damenabteil eingepfercht gewesen, hätte ich ihr natürlich längst meine Aufwartung gemacht, sie an unsere alte Bekanntschaft erinnert, daran, dass ich, um es ganz offen zu sagen, bereits einmal in ihrem Bett geschlafen hatte. Ich hätte sie damit erfreuen können, dass ich ausgezeichnet geschlafen hatte, bis neun Uhr. Wie die vier Jahre sie noch wundervoller gemacht hatten, sie war nun mehr denn je eine Majestät, eine Frau.

Und Stunde um Stunde verging, und es geschah nichts weiter, außer dass wir gegen fünf Uhr eine Kuh überfuhren, wir hörten die Knochen brechen, hielten kurz an, um die Schienen zu überprüfen, und fuhren dann weiter. Die beiden Mitreisenden waren dazu übergegangen, über den Dampfschiffverkehr im Øresund zu sprechen, und das ist wieder außerordentlich interessant. Wie habe ich gelitten, wie habe ich gelitten! Und wie war das, wartete da nicht ein Mensch …

Zum Teufel mit dem Menschen in Malmö!

Weiter, immer weiter, wir passieren Elmhult, Liatorp, Vislanda. In Vislanda steigt die Königin von Saba aus, ich lasse sie keine Sekunde aus den Augen; jetzt, also, – sie kommt wieder zurück. Gut, wir fahren wieder.

Dann kommen wir nach Alfvesta, Umsteigemöglichkeit in Richtung Kalmar.

Wieder steigt die Königin von Saba aus; ich bleibe und warte, ob es wieder genauso läuft, doch jetzt steigt sie in den Kalmar-Zug. Darauf war ich nicht vorbereitet; ich bin völlig überrumpelt und kaum imstande, etwas zu unternehmen, bevor es schon fast zu spät ist. Hals über Kopf schaffe auch ich es noch in den Kalmar-Zug, als dieser bereits anfährt.

Ein einziger Mann im Abteil, er schaut nicht einmal auf, er liest. Ich lasse mich fallen, ich lese ebenfalls. Ein paar Minuten später höre ich:

»Die Fahrkarte, bitte!«

Es ist ein neuer Schaffner.

»Die Fahrkarte, jawohl!«, antworte ich und gebe ihm meine Fahrkarte.

»Die ist nicht gültig«, sagt er. »Das hier ist die Kalmar-Linie.«

»Nicht gültig, sagen Sie?«

»Nicht auf dieser Strecke.«

»Nun, das ist ja wohl nicht mein Problem, wenn man mir eine ungültige Fahrkarte verkauft.«

»Wo wollen Sie hin?«

»Nach Stockholm natürlich«, antworte ich. »Was dachten Sie denn?«

»Ja, aber dies ist der Zug nach Kalmar, hören Sie, dieser Zug fährt nach Kalmar«, sagt er verärgert.

Nun, das wusste ich nicht, und es war auf jeden Fall entsetzlich pedantisch von ihm, sich an so etwas aufzuhängen.

Wahrscheinlich tat er das, weil ich Norweger bin, aus einem politischen Groll heraus. Ich sollte ihn in Erinnerung behalten.

»Ja, wie sollen wir es da machen?«, frage ich.

»Sie sollen es so machen, dass ... ja, wo wollen Sie überhaupt hin? Mit diesem Zug kommen Sie nicht nach Stockholm.«

»Gut, dann fahre ich nach Kalmar, ich meinte eigentlich Kalmar«, antworte ich. Stockholm hat mir auch nie wirklich gefallen, ich würde mir sicherlich kein Geld leihen, um noch einmal dorthin zu reisen. – Diese verdammte Königin wollte also nach Kalmar, dann hatte die Pein ein Ende!

»Dann bezahlen Sie bei mir bis Gemla, mit einem Aufschlag von vierzig Öre«, sagt der Schaffner. »Aber in Gemla müssen Sie eine weitere Fahrkarte kaufen.«

»Ich habe gerade einhundertachtzehn Kronen bezahlt«, wandte ich ein. Aber ich bezahlte trotzdem, sogar die vierzig Öre – jetzt waren es schon eine Krone und sechzig Öre extra. Ich war mit meiner Geduld am Ende, ich stürme in den Bahnhof von Gemla und schreie durch die Luke am Schalter:

»Wie weit kann ich auf dieser Strecke fahren?«

»Wie weit? Bis nach Kalmar«, lautet die Antwort.

Weiter konnte ich nicht kommen, war es unmöglich, noch ein Stückchen weiterzufahren?

»Völlig unmöglich. Denn dann kommt die Ostsee.«

»Gut, eine Fahrkarte nach Kalmar!«

»Welche Klasse?«

Ha, er fragte, welche Klasse! Der Mann kannte mich offensichtlich nicht, hatte nichts von dem gelesen, was ich geschrieben hatte. Ich antwortete gemäß meinen Verdiensten:

»Erste Klasse!«

Ich bezahlte und nahm wieder meinen Platz im Zug ein.

Es war Nacht geworden, mein unangenehmer Mitreisender hatte sich auf seinem Sitz ausgestreckt und die Augen geschlossen, stumm, ohne mich eines Blickes zu würdigen. Wie sollte ich mir die Zeit vertreiben? Ich konnte nicht schlafen; alle paar Augenblicke stand ich auf, kontrollierte die Türen, öffnete und schloss die Fenster, fror und gähnte. Dazu kam, dass ich jedes Mal, wenn der Zug anhielt, auf der Hut sein musste wegen der kleinen Königin. Ich fing an, sie immer wieder aufs Neue zu verfluchen.

Endlich, endlich, wurde es Morgen. Mein Mitreisender sah erst eine Weile hinaus, dann setzte er sich hellwach auf, um weiterzulesen, immer noch, ohne mich anzusehen; sein Buch schien kein Ende nehmen zu wollen. Er reizte mich, ich sang, ich pfiff, um ihn zu ärgern, aber er ließ sich nicht stören; wie gern hätte ich jetzt die Klauenseuche zurück im Tausch gegen diese unmanierliche Hochnäsigkeit gehabt.

Irgendwann wurde es unerträglich mit ihm, ich fragte:

»Darf ich fragen, wie weit fahren Sie?«

»Oh«, antwortete er, »noch ein gutes Stück.«

Das war alles.

»Wir haben gestern eine Kuh überfahren«, sagte ich.

»Was sagten Sie?«

»Wir haben gestern eine Kuh überfahren.«

»Ach so.«

Und er las weiter.

»Verkaufen Sie mir Ihr Buch?«, fragte ich verzweifelt.

»Das Buch? Nein«, antwortete er.

»Nicht?«

»Nein.«

Dabei blieb es. Er blinzelte nicht einmal in meine Richtung. Ich fiel angesichts dieser Borniertheit regelrecht in mich zusammen. Eigentlich hatte diese elendige Königin Schuld, auch dass ich an einen solchen Kerl geraten war; in Wahrheit hatte sie mir viel Ärger eingehandelt. Aber das sollte alles vergessen sein, sobald ich sie traf, oh, wie ich ihr all meine Herausforderungen schildern würde, ihr von der Kunstkritik erzählen würde und von dem Menschen, der in Malmö auf mich wartete und den ich sitzen gelassen hatte, von meiner Reise, erst mit dem Stockholm-Zug, dann mit dem Kalmar-Zug – mein Fräulein! Ja, ich würde ganz sicher wieder Eindruck auf sie machen. Und keine einzige Anspielung auf die paar Öre, die hundertachtzehn Kronen.

Und der Zug fährt.

Vor lauter Langeweile starre ich aus dem Fenster. Es ist immer und ewig das Gleiche zu sehen: Wälder, Felder, Äcker, tanzende Häuser, Telegrafenmasten entlang der Strecke und an jedem Bahnhof standen die üblichen leeren Güterwaggons, und jeder Waggon ist mit Golfyta beschriftet. Was bedeutet Golfyta? Es ist weder eine Zahl noch ein Mensch. Gott weiß, ob Golfyta nicht ein großer Fluss in Schonen ist oder eine Herstellermarke oder gar eine religiöse Sekte! Doch dann erinnerte ich mich: Golfyta war ein bestimmtes Gewicht; eine Golfyta wog, wenn ich mich nicht irre, einhundertzweiunddreißig Pfund. Aber es waren gute alte Pfunde, und es waren sogar fast einhundertdreiunddreißig davon in so einer Golfyta, so schwer war es …

Und der Zug fährt.

Wie konnte dieser stumme Narr da stundenlang auf seinem Platz sitzen und nur lesen und lesen! Ich hätte das Büchlein in dieser Zeit dreimal ausgelesen, aber er breitete sich aus, plusterte sich mit seiner Unwissenheit auf und genierte sich nicht. Seine Dummheit nahm irgendwann überhand; ich konnte es nicht mehr ertragen, ich beugte mich vor, sah ihn an und sagte:

»Wie bitte?«

Er schaute hoch und starrte mich wie aus allen Wolken gefallen an.

»Was ist los?«, fragte er.

»Wie bitte?«

Er konnte mich nicht verstehen.

»Was wollen Sie?«, fragte er verärgert.

»Was ich will? Was wollen Sie?«

»Ich? Ich will gar nichts.«

»Nein, ich auch nicht.«

»Aha. Warum reden Sie dann mit mir?«

»Ich? Habe ich mit Ihnen geredet?«

»Na dann«, sagte er und wandte sich genervt ab.

Dann setzen wir unser Schweigen fort.

Stunde um Stunde vergeht, endlich fuhren wir pfeifend in Kalmar ein.

Jetzt wurde es ernst, die entscheidende Schlacht stand bevor! Ich befühle meine Wangen, – natürlich war ich unrasiert, das war bei mir nichts Ungewöhnliches. Es war aber auch eine schlechte Regelung, dass es an der Strecke keinen einzigen Bahnhof gab, in dem man sich rasieren lassen konnte, um wie ein Mensch auszusehen, wenn es darauf ankam. Ich erwartete ja nicht einen festen Barbier an jeder Station, aber man musste mir schon zustimmen, dass es nicht zu viel verlangt war, an jeder fünfzigsten Station einen Barbier einzufordern. Damit das gesagt war.

Dann hielt der Zug an.

Schnell steige ich aus und sehe zu, wie auch die Königin von Saba aussteigt, aber sofort ist sie von Menschen umringt, so dass es mir unmöglich ist, zu ihr zu gelangen! Ein junger Mann küsst sie sogar, – ihr Bruder also, er wohnt hier, hat hier sein Geschäft, er ist es, den sie besucht! Einen Moment später fährt eine Kutsche vor, sie steigt ein, nach ihr noch zwei, drei andere, und weg sind sie.

Ich bleibe zurück. Sie ist direkt vor meiner Nase weggefahren. Hat nicht einen Moment gezaudert. Gut, da war vorerst nichts zu machen, und bei näherer Betrachtung war ich ihr fast dankbar, dass sie mir Zeit gegeben hatte, mich zu rasieren und herauszuputzen, bevor ich mich ihr präsentierte. Jetzt galt es, die Zeit zu nutzen!

Während ich noch dort rumstehe, kommt ein Dienstmann auf mich zu und bietet mir an, mein Gepäck zu tragen.

»Nein, ich habe kein Gepäck.«

Ob ich denn kein Gepäck habe?

Nein, ich habe kein Gepäck, wenn er es genau wissen will; hat er mich jetzt verstanden?

Doch ich wurde den Mann nicht los; er wollte wissen, ob ich gedächte weiterzureisen.

»Nein, nicht weiter.«

Ob ich denn hierbleiben wolle?

Vielleicht eine Zeitlang. Gab es hier in der Nähe ein Hotel?

Aber was ich denn hier vorhätte? War ich vielleicht ein Handelsvertreter, ein Inspektor?

Wieder einer, der nichts von mir gelesen hatte! Nein, ich war kein Inspektor.

Aber was war ich dann?

»Lebwohl!«, brüllte ich ihm ins Gesicht und ging. Was für eine Aufdringlichkeit! Ich konnte auch allein ein Hotel finden, wenn es darauf ankam. Aber ich musste mir eine Stellung ausdenken, einen Auftrag erfinden, mit dem ich mich brüsten konnte; es war klar, dass, wenn schon ein hungriger Dienstmann so neugierig war, der Wirt im Hotel noch weitaus schlimmer sein würde. Was sollte ich in Kalmar tun, ganz offiziell gegenüber Gott und den Menschen? Ich musste auch deshalb einen triftigen Grund für meinen Aufenthalt vorweisen können, um die Königin nicht zu kompromittieren.

Ich dachte angestrengt darüber nach, was ich in Kalmar zu tun haben könnte. Selbst während ich beim Barbier unterm Messer lag, ließ mich diese Frage nicht los; eines war sicher: Ich wagte es nicht, mich im Hotel blicken zu lassen, bevor ich eine Antwort darauf hatte.

»Haben Sie ein Telefon?«, frage ich.

Nein, der Barbier hatte kein Telefon.

»Aber könnten Sie einen Jungen zum nächsten Hotel schicken und ein Zimmer für mich reservieren? Ich habe keine Zeit, selbst zu gehen, ich muss einige Erledigungen machen.«

»Ja, selbstverständlich.«

Dann geht der Junge los.

Ich zog durch die Straßen, sah mir die Kirche und den Hafen an, ging dabei ziemlich schnell, aus Angst, jemand könnte mich anhalten und mich fragen, was ich in Kalmar wollte. Schließlich kam ich in den Park, ließ mich auf eine Bank fallen und gab mich meinen Grübeleien hin. Ich war allein.

Kalmar – was wollte ich in Kalmar? Der Name kam mir

bekannt vor, ich hatte irgendwo davon gelesen. Gott weiß, ob es nicht etwas Politisches war, eine außerordentliche Nationalversammlung, ein Friedensvertrag? Ich versuchte es mit dem Frieden von Kalmar. Der Frieden von Kalmar, hatte ich genau darüber vielleicht schon einmal etwas gelesen? Oder war es der Kalmar-Paragraf? Doch nach kurzem Überlegen sagte ich mir, dass ich noch nicht so oft etwas von einem solchen Paragrafen von Kalmar gelesen hatte. Plötzlich springe ich auf, ich glaube, ich habe es gefunden: Es war die Schlacht von Kalmar, die Schlacht von Kalmar wie die Schlacht von Kalfskinnet, die Schlacht bei Wörth. Jawohl, jetzt hatte ich es! Ich machte mich auf den Weg zum Hotel. Wenn es die Schlacht von Kalmar war, musste ich die historischen Stätten studieren, das war mein Vorhaben; dort lag Niels Juels Schiff, dort verirrte sich ein feindliches Geschoss weit ins Landesinnere und verwüstete den Boden in einem Kohlfeld, dort fiel Gustav Adolf auf dem Deck des Linienschiffs. Und Kolbein der Starke fragte: »Was brach hier mit solchem Lärm?«, »Norwegen aus deinen Händen!«, rief Einar …

Doch kaum hatte ich den Eingang des Hotels erreicht, kehrte ich feige um und gab meine ganze Schlachtentheorie auf. In Kalmar hatte es nie eine Schlacht gegeben, die Schlacht hatte in der Reede von Kopenhagen stattgefunden! Ich machte mich wieder auf den Weg in die Stadt. Es sah schwarz für mich aus.

Ich lief also den ganzen Tag einfach herum und hatte nichts zu beißen und nichts zu trinken. Ich war völlig erschöpft. Es war obendrein schon zu spät, um in eine Buchhandlung zu gehen und irgendwelche Bücher zu dieser Fragestellung zu kaufen, denn alle Buchläden waren geschlossen. Schließlich schleppe ich mich zu einem Mann, der gerade dabei ist, Laternen anzuzünden.

»Entschuldigen Sie«, frage ich höflich, »was hat sich denn hier in Kalmar seinerzeit zugetragen?«

»Zugetragen?«, gibt der Mann zurück und sieht mich an.

»Ja«, sage ich, »ich sehe es lebhaft vor mir, dass sich seinerzeit etwas hier in Kalmar zugetragen hat. Das ist von großem historischem Interesse, deshalb würde ich es gern wissen.«

Wir stehen uns direkt gegenüber.

»Wo wohnst du?«, fragt er.

»Ich bin nur deshalb hergekommen, um das zu erforschen«, fahre ich fort. »Es hat mich viel gekostet, ja, es hat mich sogar eine Krone und sechzig Öre extra gekostet, neben den einhundertachtzehn Kronen, die ich gar nicht groß erwähnen will. Sie können die Schaffner fragen, wenn Sie wollen.«

»Sind Sie aus Norwegen?«

»Ja, ich bin aus Norwegen.«

»Sind Sie Handelsvertreter?«

So erschöpft ich auch war, musste ich doch schnellstmöglich wieder entkommen: Das war ja genau das, was ich von diesem Mann hatte wissen wollen: Was ich war. Aber auch das war die Schuld der Königin, alles war ihre Schuld, und in Gedanken schickte ich sie, milde ausgedrückt, ob ihrer Bosheit zur Hölle. Daraufhin ging ich wieder zurück in den Park. Nein, ich sah jetzt keine Rettung mehr!

Ich lehne mich an einen Baum, die Leute gehen an mir vorbei, es fühlte sich nicht sicher an, hier stehen zu bleiben, und ich musste mich wieder weiterschleppen. Drei Stunden später war ich aus der Stadt herausgekommen, hinaus aufs Land, ich sehe mich um, ich bin allein, ein großer schwarzer Koloss erhebt sich vor meinen Augen. Ich bleibe stehen und betrachte den Koloss, er sieht aus wie ein Berg mit einer Kirche auf dem Gipfel. Während ich dort stehe, nähert sich ein

Mann, ich halte ihn an und frage ihn, was das für ein Berg sei, ich erkannte ihn nicht wieder, obwohl ich viele Berge kannte.

»Das ist das Schloss«, antwortete er.

Das Schloss, Schloss Kalmar! Ich fragte mich, ob das nicht der Ort war, an dem sich all das zugetragen hatte, was ich im Kopf hatte!

»Das Schloss ist jetzt bestimmt ziemlich ramponiert und baufällig, im Gegensatz zu der Zeit, als sich dort die großen Ereignisse zugetragen hatten?«, frage ich.

»Oh nein, der Verwalter hält es gut in Schuss«, antwortet der Mann.

»Wer wohnt denn jetzt dort«, und ich meine eigentlich: Was ist denn das für ein König, der jetzt dort im Südflügel eingesperrt ist? Die Frage liegt mir auf der Zunge.

»Nun ja, es ist jetzt voller Rüstungen und Schwerter und Antiquitäten, Antiquitäten jeglicher Art …«

Mir kommt auf der Stelle eine Idee: Ich könnte hergekommen sein, um mir die Antiquitätensammlung im Schloss genauer anzusehen. Hätte der Mann keinen Sack auf dem Rücken gehabt, hätte ich ihn umarmt, und ich erinnere mich genau, dass ich mich nach seiner Frau und seinen Kindern erkundigte, bevor wir uns trennten. Gegen Mitternacht war ich wieder zurück im Hotel.

Ich bekam den Wirt zu fassen und sagte, dass ich es sei, der das Zimmer bestellt hatte. »Ich werde hier Antiquitäten studieren«, sagte ich kurz angebunden. »Ich kaufe sogar alte Sachen, nur dass Sie es wissen, darum bin ich hier.«

Der Wirt gab sich mit dieser Erklärung zufrieden und führte mich auf mein Zimmer.

*

Es folgt eine Woche voller Enttäuschungen und vergeblicher Mühen, eine ganze Woche; die Königin von Saba war seither nicht wieder aufgetaucht. Tag für Tag suchte ich nach ihr, überall, ging zum Postmeister und erkundigte mich, beriet mich mit einigen Wachtmeistern über die Angelegenheit, streifte während der üblichen Spazierstunden im Park umher, ging jeden Tag zu den Hängekästen der Fotografen, um zu sehen, ob sie vielleicht dort gewesen war; doch alles war vergebens. Ich engagierte zwei Männer, die Tag und Nacht am Bahnhof Wache hielten, damit sie nicht entkommen konnte, und wartete und wartete, um das Ganze zu Ende zu bringen.

Unterdessen musste ich jeden Tag ins Schloss und die Antiquitätensammlung durchsehen; ich füllte ganze Bögen mit meinen Beobachtungen, zählte die Rostflecken auf Säbeln und abgebrochenen Sporen, trug in meine Papiere alle Jahreszahlen und komplizierten Inschriften ein, die ich auf alten Gemälden und Truhendeckeln fand, ja, ich ersparte es mir nicht einmal, einen Sack voller Federn aufzulisten, den ich eines Tages achtlos hingeworfen hinter all den Antiquitäten fand und der sich als Eigentum des Verwalters herausstellte. Zähneknirschend und mit dem Mut der Verzweiflung setzte ich meine Nachforschungen fort; hatte ich nun einmal begonnen, nach der Königin von Saba zu suchen, so gab ich nicht auf halbem Wege auf, selbst wenn ich darüber zu einem vollwertigen Altertumsforscher werden sollte.

Ich telegrafierte nach Kopenhagen, um meine Post zu erhalten, und begann, mich für den Winter einzurichten. Gott allein weiß, wann das hier enden sollte, seit sechs Tagen wohnte ich nun schon im Hotel. Als der Sonntag näher rückte, heuerte ich vier kleine Jungen an, die für mich morgens und abends in die Kirche gehen sollten, um nach der Königin Ausschau zu halten; aber auch das brachte nichts.

Am Dienstagmorgen kam endlich meine Post an; dieser Dienstag hätte mich beinahe erledigt. Der eine Brief war von dem Menschen, der in Malmö auf mich gewartet hatte: Wenn ich bis jetzt nicht erschienen wäre, dann käme ich wohl gar nicht mehr, leb wohl! Ich spürte einen tiefen Stich in meinem Herzen. Beim zweiten Brief, den ich öffnete, handelte es sich um die Nachricht eines Freundes, dass das Morgenbladet und eine deutsche Zeitung mich beim Plagiieren ertappt und dies durch Zitate belegt hätten. Ich verspürte noch einen tiefen Stich in meinem Herzen. Der dritte Brief war eine Rechnung, – den habe ich nicht gelesen, ich konnte nicht mehr, ich warf mich aufs Sofa und starrte vor mich hin.

Doch ich hatte den Kelch des Schmerzes noch nicht bis auf den Grund geleert. Es klopft an der Tür.

»Herein!«, rufe ich mit ersterbender Stimme.

Und herein kommt der Wirt, gefolgt von einer alten Frau; die Frau trägt einen Korb auf dem Arm.

»Entschuldigen Sie«, sagt der Wirt. »Sie kaufen doch alte Sachen?«

Ich starre ihn an.

»Alte Sachen? Ob ich alte Sachen kaufe?«

»Ja, das haben Sie selbst gesagt.«

Und ich musste mich zwingen, mich für alte Sachen zu interessieren. »Ja, ganz richtig, ich kaufe tatsächlich alte Sachen; entschuldigen Sie, dass ich nicht sofort reagiert habe, ich war in Gedanken ganz woanders. Natürlich kaufe ich alle möglichen alten Sachen. Schauen wir uns den Schatz an!«

Und die Frau deckt ihren Korb auf.

Ich klatsche verzückt in die Hände und erkläre, dass ich alles behalten möchte, jedes einzelne Teil. Was für eine prächtige Ohrenspritze; ich wüsste zu gern, welcher König die zuletzt benutzt hatte? Ja, das ließe sich wohl herausfinden, sobald ich in meinen Papieren nachschauen würde, das eilte nicht. Was wollte sie für den Löffel aus Horn haben? Die drei verbrannten Jaabæk-Pfeifen würde ich für kein Geld wieder loswerden, ebenso wenig die Mistgabel. »Was sollen wir also sagen für das Ganze, alles zusammen?«

Die Frau überlegt.

»Einen Zehner«, meint sie.

Und ich gab ihr zehn Kronen, ohne Feilscherei, ohne Missgunst, nur um sie auf der Stelle loszuwerden. Sobald sie draußen war, lief ich in den Park, um Luft zu holen. Nein, jetzt wuchs es mir über den Kopf!

Ein Kindermädchen und ein Kind sitzen singend auf einer Bank neben mir, ich werfe ihnen einen Blick zu, damit sie aufhören. Kurz darauf kommt ein Pärchen Arm in Arm den Weg entlang. Ich werde aufmerksam, ich stehe auf, starre sie an, – es ist die Königin von Saba.

Endlich, endlich ist die Königin von Saba wieder da!

Ein Mann ist bei ihr, ihr Bruder, derselbe, der sie bei ihrer Ankunft geküsst hat; sie gehen Arm in Arm und unterhalten sich leise. Ich mache mich bereit, jetzt sollte es sich entscheiden, koste es, was es wolle! Ich beabsichtigte, damit zu beginnen, dass ich es war, der einmal in ihrem Bett geschlafen hatte, dann würde sie sich schon an mich erinnern, dann hätte ich es geschafft, der Bruder würde verstehen, dass er ein Stückchen vorgehen sollte ...

Ich trat vor.

Die beiden sahen mich erstaunt an, und in diesem Augenblick komme ich mit meiner Eröffnung durcheinander. Ich stottere: »Fräulein ... vor vier Jahren ...«, und verstumme.

»Was will er?«, fragt der Mann und sieht sie an. Dann wendet er sich mir zu und sagt das Gleiche: »Was wollen Sie?« Und er sagt es ziemlich hochmütig.

»Ich will«, antwortete ich, »ich bitte nur um Erlaubnis, das Fräulein zu begrüßen; was geht Sie das an? Das Fräulein und ich sind alte Bekannte, einmal schlief ich sogar in …«

Die Königin unterbricht mich und schreit:

»Lass uns gehen, lass uns gehen!«

Sie wollte mich also nicht erkennen, sie verleugnete mich! Die Wut packt mich, und ich gehe den beiden hinterher, die sich zügig entfernen. Plötzlich dreht der Mann sich um, er sieht, dass ich ihnen folge, und stellt sich mir in den Weg. Er sah übrigens nicht sehr mutig aus, er zitterte spürbar; die Königin ging weiter, am Ende rannte sie sogar.

»Was wollen Sie, Mann?«, fragt er erneut.

»Von Ihnen will ich gar nichts«, sage ich. »Ich hatte lediglich vor, das Fräulein zu grüßen, die Dame, mit der Sie spazieren gehen, ich habe sie schon einmal getroffen, also wollte ich sie grüßen, aus reiner Höflichkeit …«

»Nun, erstens will das Fräulein Sie nicht mehr sehen, wie es scheint«, antwortet er, »und zweitens ist das Fräulein kein Fräulein, sie ist eine Frau, sie ist verheiratet, sie ist meine Ehefrau. So!«

»Sie ist … was … sie ist Ihre Ehefrau?«

»Ja, sie ist meine Ehefrau«, brüllte er. »Verstehen Sie es jetzt?«

Seine Ehefrau, seine Ehefrau! Was gibt es mehr zu erzählen? Ich ließ mich auf eine Bank sinken. Das war der Todesstoß! Ich schloss die Augen und ließ den Kerl gehen; was hatte ich mit ihm noch zu schaffen, nachdem die Sonne meines Glücks für immer untergegangen war? Mehrere Stunden blieb ich auf der Bank sitzen und gab mich der schwärzesten Trauer hin.

Gegen Mittag machte ich mich auf ins Hotel, bezahlte meine Rechnung und schlich mich unbemerkt zum Bahnhof hinunter. Ich musste noch eine gute Stunde warten, dann kam mein Zug, und ich reiste ab, verarmt und geschlagen, zu Boden gezwungen von einer Pein, die auf dem gesamten Heimweg an mir nagte.

Den Korb mit den alten Sachen, die ich gekauft hatte, ließ ich in Kalmar zurück.

*

Wissen Sie, irgendetwas kommt immer dazwischen. So nah wie dieses letzte Mal war ich noch nie dran gewesen, und doch kam ich so herrlich zu kurz. Ich kann nicht sagen, dass ich mir irgendwelche Mühen erspare, dass ich vor irgendeiner Reise kneife, dass ich irgendwelche Kosten scheue, und trotzdem – trotzdem nützt es mir nichts. Das ist Schicksal.

Da ist nichts zu machen.

Übersetzt von Dörte Giebel

Mit dem Kutschpferd

Ich setzte mich in der offenen Kutsche zurecht und ergriff die Zügel, ich wartete auf den Kutschjungen. Oben in einem Fenster im ersten Stock stand ein junges, blondes Mädchen und schaute zu mir hinunter, so dass mir ganz warm unter diesem Blick wurde, und ich plusterte mich auf meinem Sitz wie ein Vizekonsul auf. Ich versuchte den Eindruck purer Jugend zu erwecken, in aller Heimlichkeit konnte ich mich sogar meiner Lorgnette entledigen. Es ärgerte mich nur, dass ich mich nicht als Leutnant ins Kutschfahrtenbuch eingetragen hatte.

Im letzten Moment tritt der Wirt auf die Treppe hinaus und teilt mir mit, dass der Kutschjunge soeben mit einem ganzen Trupp Engländer aufgebrochen sei, weshalb ich doch so gut sein möge, allein bis zur nächsten Pferdestation zu fahren. Es bestehe absolut keine Gefahr, Jens kenne den Weg, ich könne mich blind auf ihn verlassen.

Und Jens, das war das Pferd.

Es hat natürlich sehr viel mehr Stil, wenn man während der Fahrt einen hinter sich stehen hat, dachte ich, aber daran war nun einmal nichts zu ändern, ich musste ohne Kutschjungen fahren. Also warf ich einen äußerst warmen Blick hinauf zum Fenster im ersten Stock und fuhr vom Hof.

Es war ziemlich heiß, ich knöpfte meine Jacke auf und ließ

Jens laufen, wie er wollte. Das ununterbrochene Wiegen der Kutschfedern machte mich schläfrig, ich senkte den Kopf, um zu vermeiden, dass mir die Sonne die Nase verbrannte, kam ins Dösen und dachte an das schöne Mädchenantlitz im ersten Stock. Möge Gott wissen, dachte ich, ob sie schon nach unten gegangen und ins Kutschfahrtenbuch geschaut hat. Wie dumm von mir, dass ich meine Stellung nicht eingetragen hatte, keinen Titel. Hätte ich mich nicht Kontordirektor oder zumindest Rentier nennen können? Auf jeden Fall! Es rächte sich doch, allzu bescheiden zu sein.

Wir hatten uns wohl so sieben, acht Kilometer von der Kutschstation entfernt, als Jens plötzlich anhielt. Ganz plötzlich stand er still und sah aus, als hätte er etwas vergessen. Ich wollte ihn nicht stören; seine privaten Angelegenheiten sollte er mit sich selbst ausmachen. Außerdem hatten wir genügend Zeit und gutes Wetter.

Vielleicht eine halbe Stunde standen wir dort mitten auf dem Weg ohne uns zu rühren; keiner von uns beiden wollte das Schweigen brechen. Ich zündete mir die Pfeife an und tat, als wenn nichts wäre, schaute auf die Uhr, machte mich daran, einen Korkenzieher zu putzen, den ich in der Tasche hatte, und vertrieb mir die Zeit so gut ich konnte; die Peitsche versteckte ich sorgfältig zwischen meinen Knien. Nachdem Jens noch eine ganze Weile still stehen geblieben war, setzte er schließlich eines seiner Beine vor das andere, anschließend das andere und begann wieder loszugehen. Es erschien mir so, als wäre er ein wenig beschämter als vorher.

Die Hitze nahm zu, ich ließ mich zurücksinken und wurde wieder schläfrig, schlug gedankenverloren einen Knoten nach dem anderen in die Zügel und träumte erneut von dem Mädchen an der zurückliegenden Kutschstation. Sie hatte große weiße Hände und einen sonderbar schnellen Blick gehabt, der ihr Gesicht äußerst lebhaft hatte erscheinen lassen. Ich war sehr angetan von ihr. Wie war sie dazu gekommen, dort am Fenster zu stehen und zu mir hinunterzuschauen? Es war anzunehmen, dass ich sie neugierig gemacht hatte. Und höchstwahrscheinlich erforschte sie genau in diesem Moment das Kutschfahrtenbuch, es gab wirklich nicht den geringsten Zweifel daran, dass sie umgehend wissen wollte, wer ich war. Aber ich hatte keinerlei Information hinterlassen, obwohl ich mich problemlos als Entdeckungsreisender oder Elefantenapotheker hätte titulieren können.

Ich hatte Jens für eine Weile nicht mehr beachtet. Schwerfällig und gleichgültig schritt er den Weg entlang, stieß mit den Hufen gegen den Kies und ließ auf diese Weise unnötig Staub aufwirbeln. An einer Steigung senkte er plötzlich den Kopf, kaute einige Male energisch auf der Trense herum und hielt erneut an. Ohne die geringste Spur von Verlegenheit blieb er wieder stehen.

Ich war so in meine eigenen Gedanken über das junge Mädchen versunken, dass es eine Weile dauerte, bis ich merkte, dass wir wieder stillstanden. Da wurde es mir zu bunt: »Du kannst deinem Herrn und Schöpfer danken, dass ich hier sitzend mit meinen Gedanken ganz woanders bin!«, erklärte ich ihm laut. Plötzlich war ich so aufgebracht, dass ich nicht länger meine Gefühle verbergen konnte. Jens stand still mit gesenktem Kopf da, als hätte er sich den Finger an die Nase gelegt und dächte über irgendetwas nach. Ich streckte den Kopf vor, um den Weg zu mustern; es könnte ja ein Kind unter seinen Hufen liegen, ein großer Stein, eine Baumwurzel; ich hielt in alle Richtungen Ausschau, sah jedoch nichts. Ich hob die Peitsche und gab Jens einen Klaps. Er bewegte sich nicht von der Stelle; stattdessen warf er den Kopf hoch und schien zu sagen: Pass ja auf! Das machte mich wütend: »Pass du selbst auf!«, antwortete ich und gab ihm einen weiteren Klaps. Da stemmte er die Beine fest in die Erde und sah aus, als hätte er die Ehre, sich vor einer ganzen Versammlung äußern zu dürfen – und es entfuhr ihm ein Laut. Ansonsten blieb er still. Ich wollte auch nichts erwidern, sagte jedoch zu mir selbst: »Nein danke, ich diskutiere nicht mit einem Pferd.« Empört schweigend lehnte ich mich auf den Sitz zurück und wartete, was wohl geschehen würde. Ich war nicht von zu Hause fortgereist, um mit irgendjemandem Streit anzufangen.

Eine Stunde verging, wir standen immer noch still, und ich hatte große Mühe, mich von Gewalttätigkeiten zurückzuhalten. Zwei Mal stand ich in der Kutsche auf, und jedes Mal beherrschte ich mich und setzte mich wieder hin. Jens verhielt sich vorsichtig, er machte keinen Lärm, bewegte nicht ein Glied, atmete in aller Stille. Schließlich hob er ein Bein und setzte es wieder auf den Boden. Es sah so aus, als wäre er das Stillstehen leid. Er hob erneut ein Bein und setzte es wieder ab. Bevor ich Zeit hatte, meinen eigenen Augen zu trauen, spürte ich, dass die Kutsche tatsächlich vorwärts rollte, wir standen nicht länger still, wir fuhren wieder.

Ich blieb sprachlos, konnte mich weder so noch so ausdrücken. Die Kutsche rollte schneller und schneller, ich sah, wie Jens die lächerlichsten Bewegungen machte; er sprang. Verzehrt von Verbitterung versuchte ich mir selbst mit aller Kraft einzureden, dass wir immer noch stillstanden: Wir stehen – natürlich stehen wir!, sagte ich mir; verdammt noch mal, wir stehen! Und ich schloss die Augen, um nicht sehen zu müssen, dass wir uns tatsächlich vorwärtsbewegten.

Es verging eine gewisse Zeit, die Sonne begann zu sinken und die Hitze nahm ab; Jens ging wieder im trägen Schritt. Ich war empört über ihn, er hatte mir meine fröhliche Stimmung zerstört, bewusst meine Zeit vergeudet, es brauchte noch eine gute halbe Stunde bis zur nächsten Kutschstation, und die würde ich wohl kaum erreichen, bevor mein Kutschjunge von dort abgereist war. Als wir an die Kuppe eines Hügels gelangten, beschloss ich, ein wenig der verlorenen Zeit einzuholen, rief Jens etwas zu und stieß ihm die Peitsche in die Seite, um seine Aufmerksamkeit zu wecken. Er hob den Kopf und glotzte kurz nach hinten, als hätte er mich nicht verstanden. »Dann werde ich mich wohl deutlicher ausdrücken müssen!«, sagte ich und schlug ihm auf die Schenkel.

Er blieb stehen.

Es gab nicht die geringste Möglichkeit, mir selbst etwas vorzumachen: Jens stand zum dritten Mal still wie ein Fels.

Ich ergriff energisch den Peitschenstiel und erhob mich in der Kutsche; fest entschlossen, die Sache in einem offenen Kampf zu entscheiden, ganz gleich, wie er nun ausginge. Doch im letzten Moment konnte ich mich zurückhalten. Ich fühlte in diesem Augenblick keine Angst; hätte es sich um einen Löwen gehandelt, ich wäre ihm entgegengetreten; doch ich änderte meine Meinung und ließ die Peitsche sinken. Ohne ein Wort über meine Absichten fallen zu lassen, stieg ich aus der Kutsche; ich konnte einen Sinn dahinter erkennen, es bestand nämlich kein Zweifel, dass dem Pferd etwas im Weg liegen musste. Ich ballte die Fäuste, bereit, welchem Hindernis auch immer zu begegnen, und ging nach vorn zu Jens. Ich konnte nichts sehen, war fast enttäuscht, und so beugte ich mich zum Boden hinunter, um ihn gründlich zu untersuchen. Kieselsteine – überall nur Kieselsteine; das Einzige, was ich entdeckte, war ein abgebranntes Streichholz. Ich ging zurück und setzte mich wieder, – jetzt ging es auf Biegen und Brechen!

Ich schrie Jens ganz fürchterlich an, schwang die Peitsche

und versetzte ihm einen Schlag. Jens hüpfte mit dem Hinterteil hoch und stand dann reglos da wie zuvor. Das half also nicht, ich musste wieder aussteigen. Noch einmal ging ich zu Jens, drängte mich dicht an ihn und schaute ihm ins Gesicht. In seiner Sturheit tat er, als merkte er das nicht. Ich ging auf die Knie, sah hoch zu ihm in seine Augen und folgte der Richtung seines Blicks. Was starrte er da an? Ich war fassungslos, es war tatsächlich das kleine Streichholz, das er anstarrte!

Ich schämte mich für ihn. Wie konnte man so viel Aufhebens von einem kleinen Streichholz machen. Mehrere Male ging ich um die Kutsche herum, um zu überlegen, wie ich ihn ansprechen sollte.

Wie konnte es ihm einfallen, mir all diese Unannehmlichkeiten zu bereiten? Hatten wir etwa ausdrücklich vorher ausgemacht, bei jedem Streichholz, das wir auf dem Weg fanden, anzuhalten? War er tatsächlich der Meinung, das verantworten zu können? War er denn nicht ein Pferd voll Ehre?

Er verzog keine Miene.

Ich nahm ihn mir hart zur Brust, machte ihn zum Narren, hielt ihn ganz offensichtlich zum Besten. »Ein Streichholz!«, sagte ich verächtlich, eine Ware, die ich bündelweise wegwerfen konnte, verstand er das etwa nicht? Ich hatte schon Tage gehabt, an denen ich in allen Taschen Streichhölzer gehabt hatte, und dabei war ich nicht gerade reich gewesen. »Wirf doch ein Streichholz auf den Boden«, sagte ich, »bitte mich, es aufzuheben und du wirst sehen, was passiert!«

Doch er ließ sich nicht stören, senkte den Kopf und starrte wie zuvor vor sich hin.

Das irritierte mich ungemein, ich hatte den Eindruck, dass er mich vollkommen ignorierte und so täte, als wäre ich ihm gänzlich unbekannt. Was sollte ich tun? Ich lief auf dem Weg hin und her, fluchte und zog wütend die Schultern hoch. Mit zitternder Stimme wandte ich mich erneut an ihn und versuchte ihn mit Argumenten zu überzeugen: War das vielleicht ein äußerst bedeutendes Streichholz? War es – wenn ich fragen dürfte – auf der Weltkarte zu finden? Wollte er mir vielleicht einreden, dass es sich um ein ganz besonderes Streichholz handele, dessen Bekanntschaft zu machen ein wahres Vergnügen wäre? … Ich schrie immer lauter und breitete die Arme aus.

Zum Schluss schaute Jens auf; er hatte bemerkt, dass es ernst war. Ich wollte den Augenblick nutzen, ergriff die Zügel und setzte mich in die Kutsche. Na also, endlich konnten wir die Fahrt fortsetzen. Nun? Es ging doch nur um den ersten Schritt, er musste ein Bein heben, dann würde schon das andere folgen. Natürlich lag es an ihm, welches Bein das sein sollte, er hatte die Wahl. Nun?

Doch Jens ging nicht los. Er senkte erneut den Kopf und starrte wieder vor sich hin. Da gab ich auf und sank in mich zusammen. Mittlerweile war es mir so ziemlich gleich, wie die Sache enden würde. Ich zog die Decke über mich und richtete mich für die Nacht ein. Jens beachtete ich gar nicht mehr. Wer wusste, wie lange er noch dort stehen bleiben wollte? Wer konnte dafür bürgen, dass er überhaupt daran dachte, weiterzugehen? Kein Teufel konnte ahnen, ob er sich vor morgen früh überhaupt bewegen würde! Aber zumindest, sagte ich zu mir selbst, hatte ich getan, was ich hatte tun können; ab jetzt ist es nicht mehr meine Schuld, ich wasche meine Hände.

Da sehe ich unterhalb der Anhöhe ein Karriol, das uns entgegenkommt, sogar Jens stellt die Ohren auf und wiehert, – es war mein Kutschjunge auf dem Weg nach Hause. Er hielt erstaunt an und musterte uns, ich sprang hinunter und berichtete ihm, was mir widerfahren war. Augenblicklich wendete der Junge sein Pferd und bot mir an, die Führung zu übernehmen; »Jens ist stur«, sagte er, »Jens muss sozusagen mit einem zweiten Pferd gelenkt werden.«

Ich setzte mich wieder zurecht. Diese Idee mit einem Führer, jemandem, der voranritt, war eines Mannes in guter Stellung würdig und sagte mir sehr zu, genau betrachtet war es ja das Gleiche, wie mit zwei Pferden zu fahren. Ich vergaß, was früher zwischen Jens und mir passiert war, und vergab ihm, ich geriet in beste Stimmung und begann ein Lied zu summen.

Und Bäume, Steine und Häuser tanzten an meinen Augen vorbei, während wir uns vorwärtsbewegten. Mit zwei Pferden fuhr ich auf die Kutschstation.

Übersetzt von Christel Hildebrandt

Eine ganz gewöhnliche Fliege mittlerer Größe

Unsere Bekanntschaft begann, als sie eines Tages durch mein offenes Fenster hereingeflogen kam und anfing, um meinen Kopf herumzutanzen, während ich dasaß und schrieb. Offenbar fühlte sie sich von dem Spiritus in meinem Haar angezogen. Wieder und wieder schlug ich nach ihr, aber das kümmerte sie nicht. Da griff ich zur Papierschere.

Ich habe diese wunderschöne große Papierschere, die ich auch als Pfeifenreiniger und Feuerzange benutze, mit ihr schlage ich sogar Nägel in die Wände; in meiner geübten Hand ist sie eine fürchterliche Waffe. Ich schwang sie einige Male durch die Luft und die Fliege flog fort.

Doch kurz darauf kam sie zurück und begann den Tanz von Neuem. Ich stand auf und rückte mit dem Tisch zur Tür. Die Fliege folgte mir. Na warte, dir werde ich es zeigen, dachte ich und so ging ich auf leisen Sohlen und wusch mir den Spiritus aus dem Haar. Das half. Die Fliege setzte sich ziemlich kleinlaut auf die Glaskuppel meiner Tischlampe und rührte sich nicht.

Dies ging für eine Weile gut, ich arbeitete weiter und schaffte eine ganze Menge. Aber auf die Dauer wurde es ein bisschen eintönig, jedes Mal die Fliege zu sehen, wenn ich den Blick hob. Ich betrachtete sie, es war eine ganz gewöhnliche Fliege mittlerer Größe, gut gebaut, mit grauen Flügeln.

»Rühr dich doch mal«, sagte ich. Sie rührte sich nicht. »Weg«, sagte ich und wedelte mit der Hand. Da flog sie auf, drehte eine Runde im Zimmer und kehrte zur Lampe zurück.

An dieser Stelle beginnt unsere eigentliche Bekanntschaft. Ihre Beharrlichkeit flößte mir Respekt ein; was sie wollte, das wollte sie; ihr Ausdruck rührte mich, sie neigte den Kopf zur Seite und sah mich betrübt an. Unser Verständnis füreinander wuchs, sie begriff, dass ich etwas für sie übrighatte, und richtete sich danach, sie wurde freier und freier in ihrem Verhalten. Schon am Nachmittag, als ich hinausgehen wollte, flog sie vor mir her zur Tür und versuchte mich daran zu hindern.

Am nächsten Tag war ich zu einer rechtschaffenen Zeit wach. Gerade als ich vom Frühstück hineingehen wollte, um die Arbeit zu beginnen, traf ich die Fliege in der Tür. Ich nickte ihr zu. Sie summte einige Male in der Stube herum und ließ sich auf meinem Stuhl nieder.

Ich hatte ihr den Platz nicht angeboten und benötigte ihn selbst. »Weg«, sagte ich. Sie erhob sich ein paar Zoll in die Luft und ließ sich wieder auf dem Stuhl nieder. Da sagte ich: »Jetzt setze ich mich.« Und ich setzte mich. Die Fliege flog auf und nahm auf meinem Papier Platz. »Weg«, sagte ich. Keine Antwort. Ich pustete sie an, sie duckte sich und wollte nicht weg. »Nein, ohne gegenseitige Achtung geht das auf Dauer nicht gut«, sagte ich. Sie hörte mir zu und wägte ab, aber beschloss dennoch, sitzen zu bleiben. Da schwang ich erneut die Papierschere; das Fenster war offen, was ich nicht bedacht hatte, und die Fliege flog hinaus.

Für ein paar Stunden war sie draußen. Ich ging unterdessen auf und ab und bereute, dass ich sie selbst herausgelassen hatte. Wo war sie nun? Es könnte ihr wer weiß was zustoßen! Schließlich setzte ich mich und wollte wieder zu arbeiten beginnen, doch ich war voller dunkler Vorahnungen.

Da kam die Fliege zurück. Nun hatte sie etwas Ekliges an einem Hinterbein. »Du bist draußen im Dreck gewesen, du Ferkel«, sagte ich. »Pfui!« Aber ich war dennoch froh, dass sie zurückgekehrt war, und schloss sorgfältig das Fenster. »Wo treibst du dich nur herum!«, rief ich. Da sah sie so aus, als würde sie sich köstlich amüsieren und »Ätsch« zu mir sagen, weil sie sich herumgetrieben hatte. Noch nie hatte ich eine Fliege gesehen, die sich dermaßen amüsierte, ihre Laune steckte mich an, ich sagte auch »Ätsch« und lachte herzhaft. »Haha, hat man je so eine freche Fliege gesehen!«, kicherte ich. »Komm her, damit ich dich kitzeln kann, du Schelm!«

Am Abend versuchte sie ihr altes Spiel und wollte mir den Weg zur Tür versperren. Ich nahm Haltung an und machte von meiner Autorität Gebrauch. Schön und gut, dass sie mich gernhatte; aber sie vermochte mich nicht jeden Abend im Hause zu halten. Und ich drängte mich mit aller Macht an ihr vorbei. Ich hörte, wie sie drinnen tobte und rief ihr zu: »Nun wirst du selbst sehen, wie schön es ist, alleine zu sein. Auf Wiedersehen. Jetzt kannst du mal hier sitzen.«

Die nächsten Tage stellte die kleine Mistfliege meine Geduld arg auf die Probe. Wenn Leute zu mir kamen, wurde sie eifersüchtig und trieb sie mit ihrer Aufdringlichkeit zur Tür hinaus. Wenn ich ihr hinterher ihr Benehmen vorwarf und ihr an den Kragen wollte, flog sie halsbrecherisch vom Boden bis zur Decke und blieb dort sitzen, so dass mir ganz schwindelig wurde. »Du fällst noch runter!«, schrie ich ihr zu. Doch meine Warnungen fanden kein Gehör. »Na Bitteschön, dann bleib halt da sitzen«, sagte ich und kehrte ihr den Rücken zu. Da kam sie wieder herunter. Na also, das klappte immer: Sobald ich keine Notiz mehr von ihr nahm, sauste sie an meiner

Nase vorbei und plumpste auf mein Manuskript. Dort spazierte sie herum, als hätte ich keine Papierschere im Haus. Versuch es weiter im Guten, dachte ich. Und sagte versöhnlich: »Bleib da weg, du beschmierst dich ja mit Tinte; ich will doch nur dein Bestes.« Doch meine Worte stießen bei ihr auf taube Ohren. »Habe ich nicht gesagt, dass du nicht dort herumlaufen sollst!«, wiederholte ich; »das ist grobes Konzeptpapier, da kannst du dir Splitter eintreten.« Aber nein, sie schien davor keine Angst zu haben. »Hat man je sowas Stures erlebt!«, rief ich aufgebracht. »Ist das Papier nicht zu rau?« Nein, es schien ihr keine Spur zu rau zu sein. »Dann fahr doch zur Hölle«, sagte ich, »ich nehme ein anderes Blatt.« Aber als ich ein anderes Blatt nahm, da flog sie weg.

Es vergingen Tage und Wochen. Wir gewöhnten uns aneinander, arbeiteten zusammen an verschiedenen Blättern, teilten Freud und Leid. Ihre Launen waren zahllos, doch ich ertrug sie alle. Sie hatte mir ausdrücklich ihre Abneigung gegen Zugluft zu verstehen gegeben, also hielt ich ihretwegen Fenster und Türen fest verschlossen. Nichtsdestotrotz fiel es ihr immer wieder ein, sich von der Decke gegen die Fensterscheibe zu stürzen, um diese zu zerbrechen. »Wenn du draußen etwas zu erledigen hast, dann flieg hier hinaus.« Ich öffnete ihr die Tür. Doch es sah nicht so aus, als wolle sie hinaus. »Willst du oder willst du nicht raus?«, fragte ich. »Eins, zwei, drei.« Keine Antwort. Da knallte ich wütend die Tür zu.

Bald schon sollte ich meinen Jähzorn bereuen.

Eines Tages war die Fliege fort. Sie hatte das Dienstmädchen abgepasst, als es morgens ins Zimmer kam, und war durch die Tür entwischt. Mir dämmerte, dass dies ihre Rache war, und ich grübelte lange darüber nach, was ich tun sollte. Da ging ich hinaus in den Hof und rief, sie könne meinetwegen gern wegbleiben, ich würde sie sicher nicht vermissen.

Es brachte nichts, sie ließ sich nicht anlocken, und ich vermisste die Fliege nun doch. Ich öffnete alles im Haus, was sich öffnen ließ, und legte mein Manuskript ans Fenster, wo es Wind und Wetter ausgesetzt war; damit sie sehen konnte, dass mir für sie nichts zu schade war. Ich fragte die Wirtin nach der Fliege, schmierte wieder eine Menge Spiritus ins Haar, lockte sie, nannte sie meine beste Freundin und adelte sie zu meiner Hoffliege, um ihr zu schmeicheln – doch alles vergebens.

Schließlich kam sie am Vormittag des nächsten Tages zurück. Sie kam nicht alleine, sie hatte einen Liebhaber von der Straße im Schlepptau. In meiner Wiedersehensfreude ließ ich alles durchgehen und ertrug sogar eine Zeitlang ihren Gefährten. Doch genug ist genug, es gibt gewisse Grenzen. Zunächst warfen sie sich gegenseitig Blicke zu und rieben ihre Beine aneinander. Plötzlich stürzte sich der Liebhaber auf eine Weise auf sie, die mir die Schamesröte ins Gesicht trieb. »Was treibt ihr da in aller Öffentlichkeit!«, tadelte ich sie. »He, man muss nicht groß sein, um zu provozieren!« Das beleidigte sie, sie warf den Kopf zurück und gab mir deutlich zu verstehen, dass ich wohl eifersüchtig sei. »Ich und eifersüchtig!«, schnaubte ich. »Eifersüchtig auf den da! Also nein, wo denkst du hin!« Aber sie warf erneut den Kopf zurück und wiederholte sich. Da stand ich auf und äußerte folgende Worte: »Mit dir will ich mich nicht zanken, das widerstrebt meinem ritterlichen Ehrgefühl; aber schick mir gern deinen elendigen Liebhaber, mit ihm fechte ich das aus.« Und ich ergriff die Papierschere.

Nun begannen sie, mich zu verspotten. Sie saßen an der Tischkante und schüttelten sich vor Lachen, und es schien, als würden sie sagen: »Haha, hast du keine größere Papierschere, eine etwas größere Papierschere!« »Ich werde euch zeigen, dass es nicht auf die Waffe ankommt«, antwortete ich. »Ich werde mit einem läppischen Lineal in der Hand gegen den Kerl angehen.« Und ich schwang das Lineal. Sie lachten noch mehr und zeigten mir ihre Geringschätzung auf die deutlichste Weise. »Wagt es nicht wieder anzufangen!«, drohte ich. Aber sie beachteten mich nicht, der Augenblick erschien ihnen nicht schicksalsträchtig genug, sie näherten sich mit schamlosem Gelächter und wollten sich wieder umarmen. »Das werdet ihr nicht tun!«, schrie ich den beiden zu. Doch sie taten es. Da war meine Geduld am Ende. Ich hob das Lineal und ließ es wie einen Blitz hinabsausen. Ein Knirschen, ein kurzes Zucken, mein wohl gerichteter Schlag hatte sie beide leblos zu Boden sinken lassen.

So endete diese Bekanntschaft …

Sie war nur eine kleine gewöhnliche Fliege mit grauen Flügeln. Und sonst nichts. Aber sie verschaffte mir viele Male eine vergnügliche Zeit, solange sie lebte.

Übersetzt von Lea Beck, Meta Bosch, Vivian Busch, Patricia Husmann, Anna-Saida Jessen, Ruth Sarah Krupke, Marina Niehoff, Gertrud Pigor, Stefanie Schenke, Nina Sternitzke, Julia Strack, Danielle Styron, Ramona Weber, Anastassia Zaltsberg, unter der Leitung von Christel Hildebrandt

Hinein in den süßen Sommer

Ein klitzekleiner Roman

Es waren viele Gäste in der Pension, Herren und Damen bunt durcheinander, einige sogar aus dem Nachbarland. Die meisten waren gesundheitlich ein wenig angeschlagen, die Männer und Frauen waren überanstrengt und hergekommen, um sich ein paar Wochen in dem kleinen Fischerort am Meer zu erholen. Die Verheirateten waren in der Überzahl, und um die Ruhe wirklich genießen zu können, hatten die meisten ihre zweite Hälfte nicht bei sich, sondern traten allein auf. Zwischen den partnerlosen Eheleuten wurde eifrig geturtelt, und ältere Herrschaften sah man unter den Lampen des Salons wieder jung und frisch werden. Doch alle waren sich einig: Das ist die gesunde Luft, das ist das Meer!

Sie alle waren gebildete und vornehme Leute, Großhändler, ein paar Professorinnen und Direktoren. Und es gab eine Generalkonsulin und eine Etatsrätin, beide mit ihren Gatten. Einen golddekorierten Herrn aus der Hauptstadt, auf dessen Karte lediglich Otto Mengel, Großhändler, stand, nannte man Herr Direktor. Die Wirtin hatte ein großes Talent dafür, während der Vorstellung einen jeden in einen angemessenen Stand zu erheben. Über Direktor Mengel lässt sich übrigens nur Gutes sagen; allem Anschein nach war er ein vermögender Mann, und er trug die Embleme der Freimaurer in seiner

Uhrenkette. Es erregte doch einige Verwunderung, dass sich der junge Herr Oxenstand, der ein regelrechter Löwe war und sich bis dahin vor niemandem verbeugt hatte, auffallend tief vor Direktor Mengel verneigte, als dieser in der Pension auftauchte. Erst später kam ans Licht, dass Herr Mengel ein großes Kreditinstitut in der Hauptstadt betrieb.

Der Klatsch und Tratsch, der unter den Gästen kursierte, war wie Getratsche unter Freunden, ohne unnatürliche Boshaftigkeit. Der Versicherungsagent aus dem Nachbarland jedoch hatte sich aufgrund seiner Bemühungen, mitten in der Pension Versicherungen abzuschließen, von allen Seiten offene Ablehnung eingehandelt. Es schien, als spekulierte er darauf, dass jemand sterben würde, doch ganz im Gegenteil, niemand dachte daran zu sterben. Man nannte daher auch ihn Herr Direktor, um an seine Selbstachtung zu appellieren; doch die Liebenswürdigkeit dem Agenten gegenüber war vergebens. Er selbst nannte sich Agent Anderson und weiter nichts und korrigierte alle, die ihm den Direktorentitel gaben.

Dieser ungehobelte Kerl – er dachte einzig und allein ans Geschäft. Er war kerngesund, und die dreiste Wahrheit war, dass er maßlos viel schlief und aß und vor Kraft nur so strotzte. Eines Tages sagte die Generalkonsulin: Hinaus mit diesem Herrn Anderson!

Frau Milde jedoch wusste genau, warum die Generalkonsulin plötzlich Andersons Rauswurf verlangte: Er hatte ihre alberne Freundlichkeit ihm gegenüber nicht zu würdigen gewusst. Eines Abends hatte die Generalkonsulin allein im Garten gesessen und vor sich hingeträumt, als Herr Anderson vorbeigekommen war. Sie rief ihm zu und nannte ihn Herr Direktor, ja sie erwähnte sogar, wie gesund und stark er sei und dass es ihre Nerven beruhigte, wenn sie ihn sah.

»Aha«, sagte Anderson.

»Und denken Sie nur, ich glaube, Ihre Umarmung ist ganz flauschig, hahaha«, sagte die Generalkonsulin. »Kommen Sie doch und leisten Sie mir ein wenig Gesellschaft.«

»Es ist zu dunkel«, antwortete er.

»Ja, aber lassen Sie uns nur nicht ins Haus gehen, in all das Licht.«

»Nun, Sie müssen verstehen, ich weiß aus Erfahrung, dass ich im Licht besser sehe als in der Dunkelheit«, sagte Anderson.

Er war ein Sturkopf.

Und man war sich allgemein einig, dass er darüber hinaus die Natur nicht liebte; man hatte ihn dabei beobachtet, wie er mit vollkommen trockenen Augen das Meer betrachtete. Der Löwe Oxenstand versuchte bei einer Gelegenheit, ihn zum Besten zu halten; aber er kam nicht weit. Es war im Allgemeinen ganz unterhaltsam, die Entgegnungen des Agenten mitanzuhören. Die junge Frau Trampe, die Schönheit, fragte ihn einmal quer über den Tisch:

»Sie sind also nicht verheiratet?«

»Nein«, antwortete er. »Aber ich war dennoch nicht frei von Rückschlägen …«

Und dann sollte die neue Dame kommen.

Es traf ein Telegramm aus dem Nachbarland ein, ob es in der Pension Platz für eine Dame gäbe. Dort stand zu lesen, dass es ruhig ein kleines Zimmer sein könne, dass es jedoch auf jeden Fall im Parterre liegen müsse. Die Wirtin antwortete, ja, sie hätte Platz.

Alle Pensionsgäste warteten gespannt auf die Dame. Warum wollte sie im Parterre wohnen? War sie fußlahm? Die jungen Frauen in ihrem dritten oder vierten Ehejahr hätten nichts dagegen gehabt, wenn die Dame schlicht und ergreifend keine Schönheit wäre. Der Löwe Oxenstand bemerkte: »Ach, lassen Sie sie ruhig hübsch sein; mit Ihnen kann sie sich ja doch nicht messen, Frau Trampe.«

Zwei Tage später traf sie sein. Ihre Kutsche fuhr in scharfem Trab direkt vor den Eingang der Pension und hielt mit einem Ruck an. Die Dame stieg aus. Das Spiel auf dem Tennisplatz stand augenblicklich still, alle sahen die Dame an. Sie trug einen großen Hut und wunderschöne Kleider, und als sie ausstieg, konnte jeder sehen, wie jung sie war.

»Ich heiße Frau Anderson«, sagte sie zur Wirtin.

»Wie heißt sie?«, fragte die Generalkonsulin.

»Anderson!«, antwortete Frau Trampe, die Schönheit.

»Was Sie nicht sagen, noch ein Anderson. Hier kann man es bald nicht mehr aushalten.«

Die Generalkonsulin sollte recht behalten, mit Frau Anderson konnte man es fast nicht aushalten – es sei denn, man war einer der Herren. Diese machte sie nämlich wundersam lebendig. Und das war auf die Schnelle gar nicht leicht zu verstehen, sie hatte weder ein hübsches Gesicht noch Frau Trampes strahlende Augen, das war gar nicht zu vergleichen. Aber sie hatte schwarze, gefährliche Augen, ja, die hatte sie. Dazu kam, dass ihre Augenbrauen zwei geheimnisvollen, dunklen Igeln glichen, die einander ihre Schnauzen zuwandten. Und sie war jung und mittelblond und ihr Mund war wie eine Blume.

Gut …

Frau Anderson stand morgens zu spät auf, und die Wirtin musste sie daran erinnern, dass es in der Pension feste Zeiten gab: Das erste Frühstück pünktlich um 9 Uhr.

Frau Anderson erwiderte:

»Ich werde pünktlich um 9 Uhr erscheinen – ausgenommen vormittags.«

Da sah kein Geringerer als der Generalkonsul sie an. Sie traf seinen Blick. Und der Generalkonsul war ein Mann, dem niemand erklären musste, wie ein Blick zu lesen war. Er stammte aus einer bekannten Dichterfamilie und verfasste auch selbst hervorragende Gedichte über die Natur und die Menschen.

Was war nun das für ein unübersehbares Feuer in den Augen dieser Frau mitten am Tag! Der Generalkonsul erkannte es: Es waren Augen, die zu begehren anfingen …

Die Zeit verging, und als Frau Anderson ihre Rechnung bekam, bat sie ohne Umschweife um Zahlungsaufschub. Sie habe kein Geld, sagte sie, aber es würde sich wohl im Laufe der nächsten Tage etwas ergeben.

Am Abend kam sie mit Etatsrat Adami ins Gespräch. Er war mitten in seinem zweiten Frühling, diesem letzten Aufblühen, in dem das Alter noch einmal unnatürlich jung erscheint. Frau Andersons Fragen und Antworten bereiteten dem feinen kahlköpfigen Herrn großes Vergnügen.

Als er dem Ruf seiner Frau folgen musste, nahm sofort der Generalkonsul seinen Platz ein. Darauf hatte er lange gewartet.

Er sagte:

»Ich habe den Etatsrat um das lange Gespräch mit Ihnen beneidet.«

»Sie sind derjenige, auf den ich gewartet habe, Herr Generalkonsul«, antwortete die Dame. »Unter anderem, um Sie nach etwas zu fragen und um Ihnen zu danken.«

»Worum geht es?«

»Waren Sie das, der Blumen in mein Zimmer hat stellen lassen?«

»Blumen? Ich muss gestehen ... Sie haben Blumen bekommen?«

»Verzeihen Sie mir!«, sagte die Dame. »Ich habe mir also viel zu viel eingebildet.«

Die Poesie um diese geheimnisvollen Blumen stieg dem Generalkonsul zu Kopfe und er rief aus:

»Mein Gott, sie hätten von mir sein sollen. Das sollten wir alle tun. Jeden Tag.«

»Ich liebe Blumen«, sagte die Dame, »aber ich bin zu arm, um sie mir zu kaufen.«

So ergab es sich, dass sie Verschiedenes aus ihrem Leben erzählte, und der Generalkonsul tat es ihr gleich. Nie zuvor war er einem Fremden gegenüber so mitteilsam gewesen. Es endete damit, dass er sich ganz und gar zum Narren machte.

Die Dame sagte:

»Aber Sie sind doch verheiratet, Herr Generalkonsul!«

»In der Liebe ist es schöner, nach vorn zu sehen als zurück«, antwortete er und seufzte.

Beim Mittagessen am nächsten Tag war der Generalkonsul verlegen und angespannt wegen eines kleinen Gedichtes, das er in Frau Andersons Serviette geschmuggelt hatte. Als sie es fand und zu lesen begann, rief er seinem Nebenmann zu: »Puh, hier ist es heute aber wärmer als sonst!«

Man munkelte, dass es wohl der Etatsrat, der alte Kahlkopf, gewesen sei, der die Rosen in Frau Andersons Zimmer hatte stellen lassen. Aber gegenüber der Dame selbst stritt er alles ab.

»Nein, nein, das war ich nicht«, sagte er. »Und es liegt mir fern, das zuzugeben.«

Die Dame sah ihn plötzlich erstaunt an. Sie zog die Augenbrauen hoch, diese beiden schönen Igel, die sich mit ihren Schnauzen berührten, und sagte:

»Nein, wie schön Sie das eben gesagt haben! Ihre Stimme klingt wie ein Harfenbass. Singen Sie, Herr Etatsrat?«

»Nun … Nein, ich singe nicht. Das soll heißen, vielleicht ab und zu einmal.«

Er war wie ein junger Bursche. Das waren wohl die gesunde Luft und das Meer, die ihn so kerngesund und feurig machten.

Die Etatsrätin schickte nach ihm, doch er kam nicht.

»Ich gehe nicht. Lasst mich doch in Frieden. Oh, was will man denn von mir?«

Und Frau Anderson nickte und war seiner Meinung, ja, er könne ruhig sitzen bleiben.

»Wir können ja über Geschäfte reden«, sagte sie. »Dann können Sie es wohl wagen, zu bleiben?«

»Ja, mit Ihnen würde ich gern ins Geschäft kommen, meine Dame. Lassen Sie uns überlegen! Ja, lassen Sie uns doch ein kleines Geschäft machen.«

»Kein großes Geschäft?«

»Doch, ein großes Geschäft. Je größer, desto besser, hahaha. Gott segne Sie.«

Aber Frau Anderson meinte es ernst: Sie wollte sein Leben versichern, ihn absichern.

»Was Sie nicht sagen«, sagte der Etatsrat erstaunt. »Ist die Dame Agentin?«

»Schon seit einigen Jahren. Ich musste meinem Mann helfen, den Lebensunterhalt zu verdienen. Was sollte ich tun? ...« Und sie erklärte weiter, dass sie ihn nicht ausnehmen werde; es bräuchte keine große Summe zu sein.

»Doch«, sagte der Etatsrat, »wenn schon, dann lieber eine große Summe. Und es kann ja überhaupt ganz klug sein, sich zu versichern.«

»Ich schicke die Papiere zum Unterschreiben nach Hause zu meinem Mann«, sagte die Dame. »Aus formellen Gründen muss ein Arzt der Gesellschaft Sie untersuchen, obwohl Sie ja so gesund sind wie ein junger Mann. Der Arzt wird umgehend hier sein.«

Als der Etatsrat seine Frau traf, sagte er kurz und bündig:

»Ich hatte Geschäftliches zu besprechen und konnte nicht kommen. Was willst du von mir?«

»Du hattest Geschäftliches zu besprechen? Mit ihr?«

»Ich habe eine Lebensversicherung abgeschlossen. Es ist von großer Bedeutung, versichert zu sein. Sie vertritt die beste Gesellschaft.«

»Die schlechteste Gesellschaft«, entgegnete die Etatsrätin doppeldeutig, »die schlechteste Gesellschaft vertritt sie.«

Der Etatsrat freute sich, dass er Frau Anderson hatte gefallen können. Er drängte selbst darauf, das Geschäft so schnell wie möglich abzuschließen, und als der Arzt aus dem Nachbarland kam, ging der Etatsrat in bester Laune zur Untersuchung.

Selbstverständlich fehlte ihm nichts, überhaupt nichts.

Die Dame gab ihm die Hand und dankte ihm.

»Habe ich Ihnen hiermit wirklich einen Dienst erwiesen?«, fragte er.

»Einen großen Dienst. Eine Hilfe. Mehr will ich nicht sagen.«

Da zeigte sich der Etatsrat von seiner glanzvollsten Seite und entgegnete:

»Ich glaube durchaus, dass ich auch den Generalkonsul dazu bringen kann, das gleiche Geschäft mit Ihnen abzuschließen, wenn Sie das wünschen.«

Da nannte Frau Anderson ihn ihren Freund und Wohltäter, wobei sie um sich blickte und auf beiden Wangen wunderschön errötete.

»Ich finde, wir sollten das jetzt machen, während der Gesellschaftsarzt noch hier ist«, sagte der Etatsrat zum Generalkonsul.

»Wir erweisen der Dame damit gewiss eine große Gefälligkeit. Nicht, dass sie direkt etwas erwähnt hätte, allerdings –«

»Zu mir hat sie geradeheraus gesagt, dass sie arm ist«, antwortete der Generalkonsul. »Ich finde, das ist eine große Schande. So ein schönes Kind, so gefährliche Augen.«

Der Dichter willigte ein, er wollte nicht hinter dem Etatsrat zurückstehen, sondern sich für die gleiche große Summe versichern lassen. Er hatte außerdem einen kleinen persönlichen Grund, Frau Anderson diesen Gefallen zu tun: Sie hatte ihm erst kürzlich auf eine Weise für sein Gedicht gedankt, die man als nichts weniger als einen Gefühlsausbruch bezeichnen kann. Der Dichter willigte also ein und fuhr fort:

»Wie wäre es, wenn wir auch unsere Frauen versicherten?«

»Was? Unsere Frauen?«, fragte der Etatsrat. »Nein, das geht nicht, dazu bekomme ich meine nicht. Sie wissen schon, die Untersuchung. Niemals.«

»Ich für meinen Teil finde, dass es sozusagen unsere Pflicht ist.«

Es gab eine Pause. Der Etatsrat grübelte angestrengt.

»Sie muss es tun!«, rief er plötzlich. »Ich gehe sofort zu ihr.«

Selten hatte die Etatsrätin ihren Mann so entschlossen gesehen, er ließ keine Einwände gelten.

»Es ist unsere Pflicht!«, sagte er mit den Worten des Generalkonsuls.

»Es ist unsere Pflicht?«

Aber der Etatsrat war geistesgegenwärtig und listig, er ließ sich nicht beirren, sondern nickte feierlich und sprach:

»Es ist unsere Pflicht. Wir haben eine Tochter, die wir eines Tages allein zurücklassen werden.«

Und obwohl diese Tochter mit zwei Millionen verheiratet war, gab es doch keinen, überhaupt keinen Einwand, der gegen die Feierlichkeit des Etatsrats ankam …

Der fremde Arzt bekam alle Hände voll damit zu tun, die vielen vornehmen Leute von innen und außen zu untersuchen und ihnen, ihrer jeweiligen Verfassung entsprechend, Atteste auszustellen. Er war ein junger Mann mit dunklen Augen in hellgrauer Kleidung. Der Löwe Oxenstand konnte ihm nicht das Wasser reichen, sondern wurde zu Luft an den Tagen, an denen sich der fremde Arzt in der Pension aufhielt. Anfangs versuchte er noch, dem Ganzen gleichgültig gegenüberzustehen, doch als auch die Augen von Frau Trampe, der Schönheit, stärker leuchteten, sobald sie den Arzt sah, verlor der gute Löwe die Fassung.

»Sie haben mit mir gespielt«, sagte er zu Frau Trampe. Und Tag für Tag wiederholte er seine Vorwürfe.

Eines Tages antwortete sie geradeheraus, müde und gelangweilt vom Löwen Oxenstand:

»Ich habe nicht mit Ihnen gespielt. Aber ich halte nicht das von Ihnen, was Sie gern hätten. Und was hätte das denn auch werden sollen? Ich bin verheiratet, vergessen Sie das nicht.«

»Das hätten Sie mir gleich von Anfang an sagen sollen«, antwortete er. »Aber im Gegenteil, das haben Sie nicht getan.«

»Aber wir werden doch gute Freunde bleiben, nicht wahr«, fuhr sie fort.

Da lachte der Löwe.

»Und sie werden wie eine Schwester für mich sein, sagt man das nicht so? …«

Sie hatte ihr Herz an den Arzt verloren, und abends sprach sie mit ihm im Garten.

»Ich kenne eine, die erheblich glücklicher sein könnte«, sagte sie und errötete heftig.

»Aber das sind nicht Sie?«

»Doch, das bin ich. Sie sind Arzt und verstehen das. Es ist schrecklich, auf dem Land zu sein und von der Luft und dem Meer kerngesund zu werden. Und es ist niemand hier, mit dem man reden kann. Hier war niemand, bevor Sie kamen.«

Der Löwe Oxenstand ging vorbei. Er schien jemanden zu suchen, den er umbringen könnte.

»Diese Frau Anderson kann mit Ihnen zusammen sein, wann immer sie will«, sagte die Frau.

Der Doktor lachte und sprach:

»Das ist rein geschäftlich. Wir versichern Leute. Sie verdient Geld wie Heu … Lassen Sie mich Ihren Ring sehen. Geben Sie mir doch Ihre Hand. Nicht? Nur einen Augenblick?«

»Nein, das wage ich nicht. Macht Frau Anderson das? … Also gut, dann lege ich jetzt meine Hand in Ihre, so als ob ich in etwas einwillige. Aber, bei Gott, das tue ich nicht, ich willige in nichts ein, dass Sie mich recht verstehen. Aber, mein Lieber, was machen Sie denn?«

Sie zog ihre Hand zurück.

Doch er hatte sie bereits geküsst.

»Wie schön und warm Ihre Hand ist!«, sagte er.

Und Frau Anderson ging vorbei. Entbrannte Eifersucht in ihr?

Ihre Augen blitzten eigentümlich auf, als sie die beiden sah. Frau Anderson setzte stolz ihren Weg fort, als jedoch der Löwe Oxenstand sie auf der Veranda ansprach, war sie ausgesprochen entgegenkommend. Sie blieben lange in eine fieberhafte Unterhaltung vertieft sitzen, so als wollten sie den beiden im Garten zeigen, dass sie einander gefunden hatten.

Frau Anderson fürchtete keine Rechnungen mehr. Sie bezahlte in der Pension, als ob die kleine Schuld nichts wäre, ein Trinkgeld, das von der großen Versicherungsprämie abfiel. Und der Etatsrat warf an dunklen Abenden große Blumensträuße durch ihr Fenster im Parterre.

Zwar war sie bei jeglichen Frauen an diesem Ort in tiefe Ungnade gefallen, aber das kümmerte sie nicht. Sie schien gegenüber allen ein Herz aus Stein zu haben, ausgenommen diejenigen, für die sie sich gerade interessierte. Dementsprechend hegte sie keinerlei Mitgefühl für ihren glücklosen Konkurrenten, den Versicherungsagenten Anderson. Er war ein ungehobelter Kerl, er sprach die Herzen nicht an. Den wenigen Worten, die sie mit ihm gewechselt hatte, konnten die Umherstehenden entnehmen, was sie füreinander übrighatten: Nichts, Tod und Verderben.

Agent Anderson sah aus wie eine einzige bedrohliche Verschwörung.

In einer warmen Nacht lehnte sich der Etatsrat aus seinem Fenster, um sich abzukühlen. Es war dunkel, und er hörte nur das sanfte Rauschen der Bäume unten am Meer. Da kam ihm der Gedanke, einmal ein Auge auf Frau Andersons Fenster zu werfen, ob sie auch geschlossen und die Lampen gelöscht seien und ob die Dame schliefe. Auf einmal hört er in der Dunkelheit, wie ein Fenster geöffnet wird – es ist eines von Frau Andersons Fenstern – und ein Mann herausspringt. Ein böser Stich durchfuhr Etatsrat Adami, und er sollte in dieser Nacht kein Auge zumachen.

Am Morgen trug er sein schreckliches Geheimnis wie ein Mann; aber gegen Mittag gab er auf, schweigend weiterzukämpfen. Er suchte nach Frau Milde und weihte sie in die Sache ein. Es verhielt sich nämlich so, dass diese beiden, obwohl sie sich erst hier kennengelernt hatten, bereits in gutem Einvernehmen miteinander standen. Das war wohl die gesunde Luft, die so Großes bewirkte.

»Was geht dich denn Frau Anderson an, mein Lieber?«, sagte Frau Milde.

»Ich ertrage das nicht«, antwortete der Etatsrat. »Man muss nachts seine Ruhe haben!«

Frau Milde fiel ihm um den Hals und beschwor ihn, ausschließlich nur an sie zu denken. Ausschließlich. Sonst hielte sie das nicht aus.

»Ist ja gut!«, sagte der Etatsrat. »Natürlich, ausschließlich. Aber … Ja, ich sage ja, ausschließlich.«

Doch Frau Milde weinte weiter und unterstellte ihm, dass er einen Tag nach dem anderen verstreichen ließe, ohne dass sie ihn traf. Und sie sagte:

»Du bist nur mit dieser fremden Frau beschäftigt und hältst dich nicht an mich.«

»Kannst du mir vielleicht sagen, wer dieser Schlingel ist, der sie nachts besucht?«, sagte der Etatsrat gedankenversunken.

Da schrie Frau Milde auf:

»Siehst du, du denkst schon wieder an sie! Nein, das halte ich nicht a-aus!«

Der Etatsrat musste eine geschlagene halbe Stunde bei ihr bleiben und sie liebkosen und alles Mögliche tun, um ihre gute Laune wiederherzustellen.

Bevor er aber ging, sagte er feierlich:

»Im Übrigen denke ich, dass wir beide uns von nun an eher wie Bruder und Schwester verhalten sollten.«

Und erstaunlicherweise hatte Frau Milde sich so gnadenvoll tief beruhigt, dass sie den Worten des Etatsrats ohne Tränen folgen konnte. Sie lehnte sich auf dem Sofa zurück und fiel kurz danach in einen tiefen Schlaf.

Der Etatsrat jedoch ging mit seinem Geheimnis weiter zum Generalkonsul. Es war ja auch dumm, sich in einer solchen Angelegenheit an Frauen zu wenden.

»Ich verdächtige nicht Sie, der Mann von heute Nacht zu sein«, sagte er zum Generalkonsul. »Und sie verdächtigen nicht mich.«

»Nein, in aller Ewigkeit nicht!«, sagte der Generalkonsul poetisch.

Und beide bekamen feuchte Augen vor gegenseitigem Vertrauen.

Sie besprachen die Sache und vermuteten, dass der Löwe Oxenstand der Übeltäter sei. Der Etatsrat wurde beauftragt, weiterhin die Fenster der reizvollen Dame im Auge zu behalten.

»Es ist ausgesprochen empörend, dass dieser Oxenstand dort Zutritt erhält. In Wirklichkeit sind doch wir, Sie und ich, ihre wahren Freunde gewesen.«

»Wenn es Oxenstand ist, spreche ich mit der Wirtin«, sagte der Generalkonsul. »Er muss aus dem Haus. Das ertrage ich nicht.«

Der Etatsrat antwortete:

»Ich ertrage das ebenfalls nicht. Ich habe heute Nacht kein Auge zugemacht …«

Der besagte Oxenstand gab durchaus Anlass für erhebliches Misstrauen. Er interessierte sich zunehmend für Frau Anderson und wandte sich in Anwesenheit aller mit süßen Worten an sie. Und sein früherer Schwarm, die Schönheit, geriet für ihn immer mehr in den Schatten. Er zog Otto Mengel, den Großhändler, außer Hörweite und sprach ihn auf Geld an, noch mehr Geld, einen neuen Kredit.

»Nein«, sagte der Halsabschneider, »da läuft zu viel auf. Sie haben schon genug Probleme mit dem, was Sie bereits bekommen haben.«

»Überhaupt nicht. Sie täuschen sich. Außerdem stirbt mein Onkel bald. Ich habe gerade einen Brief bekommen, er ist schon so gut wie tot.«

»Ja, das wollen wir hoffen!«, sagte Otto Mengel.

Aber helfen wollte er dem Löwen trotzdem nicht.

Das wurden peinliche Tage für den Löwen. Er hatte angekündigt, sich bei Frau Anderson versichern zu wollen und konnte nun nicht Wort halten. Eines Tages kam endlich ein

Telegramm, dass sein Onkel gestorben sei, und Otto Mengel, der Großhändler, war sofort mit dem Geld zur Stelle. Derart abenteuerliche Zinsen hatte der Löwe jedoch noch nie zu zahlen gehabt. Aber er schwieg zu allem, denn das Telegramm hatte er selbst geschrieben.

Dann, in einer dunklen Nacht, öffnet sich wieder eines von Frau Andersons Fenstern und ein Mann springt heraus. Der arme Etatsrat Adami liegt da oben auf seinem Wachtposten und kann alles mit ansehen, aber nichts, nichts weiter geschieht. Am Morgen jedoch nahm er den Generalkonsul mit und untersuchte die Spuren unter dem Fenster der Dame.

»Das sind ungewöhnliche Spuren«, sagte der Generalkonsul.

»Das sind Stiefel mit Absatzeisen«, sagte der Etatsrat. »So wie Bauern sie haben.«

In der folgenden Nacht leuchteten sie alles Schuhwerk an, das zum Putzen auf die Korridore gestellt worden war, und fanden ein Paar Stiefel mit Absatzeisen; es waren die Stiefel des Versicherungsagenten Anderson.

Noch nie waren die beiden alten Staubwedel so maßlos erstaunt gewesen. Aber beide waren zugleich empört und wollten das nicht mehr länger hinnehmen.

Im Laufe des Vormittags ließen sie dem Agenten gegenüber ein paar Bemerkungen fallen, und auch die leichtlebige Dame wollten sie ein wenig ins Verhör nehmen.

»Heute Nacht waren Leute vor Ihren Fenstern«, sagte der Etatsrat.

»Ja«, sagte auch der Generalkonsul, »direkt vor Ihren Fenstern. In der tiefen, dunklen Nacht.«

»Was sagen Sie?«, antwortete die Dame. »Waren das Diebe?«

»Ein untersetzter Mann. Dreißig Jahre. In dunkler Kleidung. Mit Absatzeisen unter den Stiefeln, so wie Bauern sie haben.«

»Ich traue mich nicht mehr, dort zu schlafen«, sagte die Dame.

Und sie schlief auch nicht mehr dort.

Später am Tag war die Dame nirgends zu finden, ihr Platz am Mittagstisch blieb leer. Daneben stand ein weiterer leerer Stuhl: Der Stuhl des Versicherungsarztes. »Wo sind sie hin, wo können sie denn nur sein?«, fragte ein jeder. Doch der Versicherungsagent Anderson aus dem Nachbarland biss sich in den Schnurrbart und sah aus wie eine geballte Faust.

Seine Miene wurde keineswegs milder, als die Wirtin ihn zu sich ins Büro bat und ihm mitteilte, dass er in der Nacht beim Verlassen von Frau Andersons Zimmer durch das Fenster beobachtet worden war.

»Na und?«, sagte Anderson.

»Der Herr Direktor muss abreisen«, sagte die Wirtin. »So etwas wird in meinem Haus nicht geduldet.«

Anderson murmelte:

»Das ist nicht das Schlimmste, dass ich dort drin war und jetzt abreisen soll.«

»Ich habe nach einem Wagen für Sie geschickt.«

»Sondern, dass sie jetzt abgereist sind, das ist das Schlimmste«, fuhr Anderson fort. »Können Sie mir vielleicht sagen, wohin sie gefahren sind?«

»Damit kann ich Ihnen nicht dienen«, antwortete die Wirtin.

Anderson sprach mit sich selbst:

»Ich hatte die beiden schon lange im Verdacht. Aber ich

hatte gehofft, dass sie sich hier an einem fremden Ort beherrschen würde.«

»Es kommt mir eher so vor, als wenn Sie derjenige sind, der sich nicht beherrschen konnte.«

Anderson wurde ärgerlich und antwortete:

»Ich musste zu ihr rein, um die Papiere fertig zu machen, ich musste die Policen unterschreiben. Verstehen Sie das nicht?«

»Was hatten Sie denn mit den Policen einer fremden Dame zu tun?«

»Sie? Eine fremde Dame? Sie ist ganz nebenbei meine Frau.«

»Ihre Frau?«, fragte die Wirtin ungläubig.

»Sie war meine Frau!«, schrie Agent Anderson. »Ich bin hergekommen und habe es nicht geschafft, hier ein Geschäft abzuschließen, also habe ich ihr geschrieben und sie zu mir bestellt. Und jetzt ist sie mit dem Doktor abgereist. Die haben mich betrogen, die haben das ganze Geld mitgenommen.«

Da schwieg die Wirtin eine ganze Minute und dachte nach. Sie hatte immer noch einen leisen Zweifel.

»Seine eigene Frau kann man doch auch am Tag besuchen«, versuchte sie sich.

»Kann man seine eigene Frau nicht auch bei Nacht besuchen?«, fragte Anderson verbittert …

Nun ging ein Schock durch die ganze Pension, alle Herren fühlten sich von der hinterhältigen Dame betrogen. Agent Anderson legte ein Papier nach dem anderen vor und bewies, dass die Dame seine Ehefrau war, in diesem Punkt konnte kein Zweifel mehr bestehen: Sie hatten gemeinschaftlich gehandelt, als sie die halbe Pension versicherten. Der Löwe Oxenstand wollte seine Lebensversicherung am liebsten annullieren lassen, aber er konnte kein Sterbenswörtchen sagen, da er das Telegramm selbst geschrieben hatte. Etatsrat Adami und der Generalkonsul drohten Anderson damit, ihn anzuzeigen.

»Nur zu!«, antwortete Anderson. »Sie haben sich bei mir versichert, die Policen sind bindend, meine Unterschrift hat sie rechtskräftig gemacht …«

Und Agent Anderson verließ auch nicht, wie ursprünglich verlangt, Hals über Kopf die Pension.

Alle Herren verurteilten den Geschäftstrick, die eigene Frau als Mittelsmann zu benutzen; die Damen jedoch ergriffen Partei für den Agenten und machten ihm durch ihr ausgesprochen großes Mitgefühl das Leben erträglicher. In ihrer Freude darüber, dass die gefährliche Frau verschwunden war, fingen sie sogar an, den Agenten in seinem Kummer zu trösten.

»Sie wird schon zurückkommen!«, sagte Frau Milde. »Sie wird schon noch einsehen, dass es nur Sie und niemand anderen auf der ganzen Welt für sie gibt. So zumindest geht es mir mit meinem Mann.«

Und sogar Frau Trampe, die Schönheit, die der dunkeläugige Versicherungsarzt ganz und gar hinters Licht geführt hatte, erklärte, dass es ihr mit ihrem Mann genauso ginge, ja, dass er doch der Einzige auf der ganzen Welt für sie sei.

Aber Agent Anderson hatte seine ganz eigene Art zu trauern.

»Natürlich kommt sie zurück«, sagte er. »Ich warte auf sie, weil sie so gut versichern kann. Aber läuft sie noch ein einziges Mal mit den Prämien davon, wird sie mir zu teuer«, sagte er.

Drei Wochen später kam tatsächlich ein Brief von der weggelaufenen Ehefrau – dass sie nun auf Knien auf der Schwelle ihres Mannes läge. Und ihre Augen wären voller Tränen, stand zu lesen. »Und frage mich nicht nach dem Doktor«, stand weiter zu lesen, »denn der ist für immer weg.«

Agent Anderson musste unwillkürlich nicken:

»Was habe ich gesagt, ist sie nicht tatsächlich zurückgekommen! Aber macht sie das noch ein einziges Mal und nimmt die Kasse mit, lasse ich nach ihr fahnden.«

Und Agent Anderson fuhr nach Hause.

Am selben Abend rieb sich Frau Trampe, die Schönheit, vor lauter Gesundheit die Hände. Sie hatte Zeit gehabt, über den Doktor hinwegzukommen und ihre Gefühle für den Löwen Oxenstand wiederzuentdecken. Und da der Löwe Oxenstand wegen der Landluft und dem Meer ebenfalls vollständig wiederhergestellt war, erfreuten sich die beiden aneinander wie nie zuvor.

Er legte den Arm um ihren Leib und sagte:

»Nun können Sie meiner ewigen Liebe nicht mehr entkommen.«

Sie hatte keine abweisende Antwort parat, sie lächelte und flüsterte:

»Hinein in den süßen Sommer ...« Und es kam kein Nein über ihre Lippen.

Etatsrat Adami blieb keine andere Wahl, als zu Frau Milde zurückzukehren. Ausschließlich. Aber die Dame zahlte es ihm kräftig heim, dass er einmal zu ihr gesagt hatte, er wolle lediglich ihr Bruder sein: Zwei Abende lang hatte sie nur Augen und Ohren für den poetischen Generalkonsul. Erst am dritten Abend sagte sie: »Probeweise!« Und ließ zwischen sich und dem Etatsrat alles wieder gut sein.

Übersetzt von Evelyn Dahlsrud

Frauensieg

Ich war Straßenbahnschaffner in Chicago. Zuerst hatte ich eine Anstellung auf der Halsted-Linie, das war eine Pferdestraßenbahn, die von der Stadtmitte bis hinunter zum Rindermarkt führte. Wir im Nachtdienst waren auf dieser Linie aufgrund all der unheimlichen Leute, die diesen Weg zur Nachtzeit nahmen, nicht wirklich sicher. Es war uns nicht erlaubt, auf Menschen zu schießen oder sie zu töten, Grund war die Erstattung, welche die Straßenbahnkompanie in so einem Falle hätte zahlen müssen; was mich betraf, so hatte ich auch gar keinen Revolver, ich konnte wohl oder übel nur auf mein Glück vertrauen. Übrigens ist man selten vollkommen unbewaffnet: Hatte ich doch die Kurbel für die Bremse, die jederzeit schnell abgenommen werden und eine große Hilfe sein konnte. Nicht, dass ich sie häufiger als ein einziges Mal benutzen musste.

1886 stand ich alle Weihnachtsnächte durch auf meinem Straßenbahnwagen, ohne dass etwas Besonderes geschah. Eine ganze Gruppe Iren stieg am Viehmarkt ein und besetzte einen Wagen bis auf den letzten Platz, sie waren betrunken und hatten Flaschen dabei, sangen laut und wollten nur ungern bezahlen, obwohl wir bereits losgefahren waren. Sie erklärten, sie hätten jetzt ein ganzes Jahr über der Straßenbahnkompanie jeden Abend und jeden Morgen fünf Cent bezahlt, und jetzt war Weihnachten und sie wollten nicht länger bezahlen. Ihre Sichtweise leuchtete ein, aber ich traute mich nicht, sie so davonkommen zu lassen, aus Angst vor ›Spionen‹, die im Dienst der Kompanie standen und die Ehrlichkeit der Schaffner überwachen sollten. Ein Wachmann stieg zu. Er stand ein paar Minuten da, verlor einige Worte über Weihnachten und das Wetter und sprang dann wieder ab, da der Wagen so voll war. Ich wusste nur zu gut, dass auf ein Wort des Wachmanns hin alle Fahrgäste ihre fünf Cent bezahlt hätten; doch ich schwieg. »Warum haben Sie uns nicht angeschwärzt?«, fragte einer. »Das habe ich als unnötig angesehen«, antwortete ich, »schließlich habe ich es mit Gentlemen zu tun.« Einer setzte daraufhin an, mich richtig laut auszulachen; doch es gab einige, die auf meiner Seite standen und sogar so weit gingen, dass sie für alle bezahlten.

An den folgenden Weihnachtstagen war ich auf der Cottage-Linie. Das war eine großartige Veränderung. Jetzt hatte ich eine Bahn mit zwei, manchmal drei Wagen, die mithilfe eines unterirdischen Kabels gezogen wurden; die Passagiere in diesem Stadtteil waren von der feinen Art, und ich musste meine fünf Cent mit Handschuhen einsammeln. Dafür gab es hier keinerlei Vorkommnisse, und man wurde des Anblicks der vornehmen Leute und ihrer Gespräche schnell überdrüssig.

Doch Weihnachten 1887 sollte es ein kleines Abenteuer geben.

Am Vormittag des Heiligabends fuhr ich mit meiner Bahn in die Stadt, ich hatte die Tagesschicht. Ein Herr steigt zu, der ein paar Worte mit mir wechselt; als ich durch die Wagen laufen musste, wartete er auf der hintersten Plattform auf mich, wo sich mein Platz befand, und begann wieder mit mir zu reden. Er war so um die dreißig, blass, mit Schnurrbart, sehr gut gekleidet, aber ohne Mantel, obwohl es doch ziemlich kalt war.

»Ich bin von zu Hause davongestürmt, gerade so, wie ich dort herumlief«, sagte er. »Ich wollte meiner Frau zuvorkommen.«

»Weihnachtsgeschenke«, bemerkte ich.

»Richtig!«, antwortete er lächelnd.

Aber das war ein sonderbares Lächeln, er verzog den Mund zu einer Grimasse, einer Fratze.

»Wie viel verdienen Sie?«, fragte er.

Das war im Yankee-Land keine ungewöhnliche Frage, und ich sagte es ihm.

»Wollen Sie zehn Dollar extra verdienen?«, fragte er.

Ich antwortete mit einem Ja.

Er zog seine Brieftasche heraus und überreichte mir ohne zu zögern den Schein. Bemerkte dazu, er habe Vertrauen zu mir.

»Was muss ich tun?«, fragte ich.

Er verlangte, meinen Dienstplan zu sehen, und sagte:

»Sie haben heute acht Stunden Dienst?«

»Ja.«

»Auf einer Ihrer Fahrten sollen Sie mir einen Gefallen tun. Hier an der Ecke der Monroe Street fahren wir über einen Kanalschacht, der hinunter zu den unterirdischen Kabeln führt. Es gibt einen Deckel über dem Schacht, den will ich abnehmen und hinuntersteigen.«

»Wollen Sie sich das Leben nehmen?«

»Nicht ganz. Aber ich will so tun als ob.«

»Ah.«

»Sie sollen die Straßenbahn anhalten und mich aus dem Loch herausziehen, wobei ich Widerstand leisten werde.«

»Wird gemacht.«

»Danke. Übrigens bin ich nicht geisteskrank, was Sie vielleicht glauben. Das mache ich alles wegen meiner Frau, sie soll sehen, dass ich sterben will.«

»Ihre Frau wird also zu der Zeit in meiner Bahn sein?«

»Ja, sie wird auf the grip sitzen.«

Ich stutzte. The grip, das war der Führerwagen, auf dem derjenige stand, der die Bahn lenkte, er war offen, ohne Seitenwände, an einem Wintertag war es kalt auf the grip, und nur wenige wählten diesen Platz.

»Sie wird auf the grip mitfahren«, wiederholte der Mann. »Sie hat in einem Brief an ihren Liebhaber versprochen, heute zu fahren und ihm ein Signal zu geben, dass sie kommt. Ich habe den Brief gelesen.«

»Gut. Aber ich muss Sie daran erinnern, dass Sie schnell sein müssen, wenn Sie den Schachtdeckel abkriegen und in den Schacht klettern wollen. Sonst kommt bald eine neue Bahn nach uns. Wir fahren im Drei-Minuten-Takt.«

»Das weiß ich alles«, erwiderte der Mann. »Der Deckel wird bereits lose sein, wenn ich komme. Der ist übrigens jetzt schon nicht mehr verschlossen.«

»Noch eins: Woher können Sie wissen, welche Straßenbahn Ihre Frau nehmen wird?«

»Das wird mir telefonisch mitgeteilt. Ich habe Leute, die jeden ihrer Schritte überwachen. Und meine Frau wird einen braunen Pelz tragen. Sie werden sie leicht erkennen, sie ist sehr schön. Sollte sie in Ohnmacht fallen, dann bringen Sie sie in die Apotheke an der Ecke der Monroe Street.«

Ich fragte:

»Haben Sie auch mit dem Straßenbahnfahrer gesprochen?«

»Ja«, bestätigte der Mann. »Und ich habe ihm die gleiche Summe wie Ihnen gegeben. Aber ich möchte nicht, dass Sie beide miteinander über die Sache sprechen. Sie sollen es dem anderen gegenüber nicht erwähnen.«

»Nein.«

»Sie nehmen Ihren Platz auf the grip ein, wenn Sie sich der Monroe Street nähern, und halten Ausschau. Wenn Sie meinen Kopf aus dem Schacht herausragen sehen, geben Sie den Befehl zum Stoppen und die Bahn wird anhalten. Der Fahrer wird Ihnen helfen, mich zu überwältigen und aus dem Schacht zu ziehen, obwohl ich behaupte, sterben zu wollen.«

Ich überdachte das Gesagte eine Weile und sagte dann:

»Es scheint mir, als hätten Sie Ihr Geld sparen können und niemanden in Ihr Vorhaben einweihen müssen. Sie hätten einfach nur in das Loch hineinklettern müssen.«

»Aber mein Gott!«, rief der Mann aus, »wenn nun der Fahrer mich nicht bemerken würde! Wenn Sie mich nicht bemerken würden! Niemand!«

»Sie haben recht.«

Wir sprachen noch über das eine und andere, der Mann blieb bis zur Endstation im Wagen, und als meine Straßenbahn umkehrte, fuhr er auch mit zurück.

An der Ecke zur Monroe Street sagte er:

»Es gibt eine Apotheke, in die bringen Sie bitte meine Frau, falls sie in Ohnmacht fällt.«

Dann sprang er hinunter ...

Ich war zehn Dollar reicher; Gott sei Dank, es gab also auch noch glückliche Tage im Leben! Den ganzen Winter über hatte ich wegen des Schnees mit einer Schicht Zeitungen am Rücken und auf der Brust herumlaufen müssen, weshalb ich bei jeder Bewegung so ein peinliches Rascheln verursachte, und meine Kollegen machten sich darüber gern lustig. Jetzt würde ich es mir unter anderem leisten können, mir eine Lederweste von wunderbarer Winddichte zuzulegen. Wenn die Kollegen also das nächste Mal kommen und mich anstoßen wollten, um zu hören, wie ich raschelte, müsste ich das nicht mehr ertragen …

Es vergingen zwei, es vergingen drei Fahrten in die Stadt; nichts passierte. Als ich zum dritten Mal von der Haltestelle Cottage abfahren sollte, stieg eine junge Dame zu und setzte sich auf the grip. Sie trug einen braunen Pelz. Als ich zu ihr ging und ihr Fahrgeld entgegennahm, schaute sie mich mit offenem Blick an. Sie war sehr jung und schön, ihre Augen vollkommen unschuldig und blau. Sie Ärmste, Sie werden heute noch viel Angst erleben, dachte ich; aber Sie haben wohl auch einiges verkehrt gemacht, und jetzt sollen Sie Ihre Strafe erhalten. Auf jeden Fall wird es mir eine Freude sein, Sie vorsichtig in die Apotheke zu tragen.

Wir rollten auf die Stadt zu.

Ich konnte von meiner Plattform aus beobachten, wie der Fahrer plötzlich ein Gespräch mit der Dame begann. Was konnte er ihr nur zu sagen haben? Außerdem war es ihm nicht erlaubt, während seines Dienstes mit Fahrgästen zu reden. Zu meiner großen Verwunderung sehe ich, dass die Dame sogar einen Sitz näher zum Fahrer heranrutscht, der an seiner Maschine steht und gespannt zuhört, was sie zu sagen hat.

Wir rollen weiter auf die Stadt zu, stoppen und nehmen neue Fahrgäste auf, stoppen und lassen Leute aussteigen, alles nimmt seinen üblichen Lauf. Wir nähern uns der Monroe Street. Ich denke: Dieser exzentrische junge Mann hat sich den Ort sehr weise ausgesucht. Monroe ist eine ruhige Ecke, in der er bei seinem Einstieg in den Schacht wohl kaum gestört wird. Und mir fällt ein, dass ich ab und zu auch Leute von der Straßenbahnkompanie gesehen habe, die in diesem Schacht standen und etwas in Ordnung brachten, das da unten kaputtgegangen sein mochte. Aber sollte ein Mann auf die Idee kommen, in dem Loch hocken zu bleiben, wenn die Straßenbahn darüberfährt, würde er ganz einfach um mehrere Zoll kürzer werden; die Kralle von the grip, die hinunter zum Kabel reichte, würde ihm den Kopf abreißen.

Als Monroe die nächste Straße war, ging ich nach vorn auf the grip.

Der Straßenbahnfahrer und die Dame unterhielten sich nicht mehr. Als Letztes konnte ich beobachten, dass der Fahrer nickte, als wäre er in einer Sache ganz ihrer Meinung, anschließend starrte er direkt nach vorn und fuhr mit Vollgas. Und es war sogar der große Pat, der Ire, der die Bahn fuhr.

»Lass es hier mal ein bisschen ruhiger angehen!«, sagte ich in dem üblichen Jargon zum Fahrer. Was bedeutet: Fahr etwas langsamer. Ich sah nämlich einen schwarzen Punkt zwischen den Gleisen, das konnte ein Menschenkopf sein, der aus der Erde hervorragte.

Ich schaute auch die Dame an, sie hatte ihren Blick auf den gleichen Punkt fixiert und umklammerte die Sitzlehnen. Sie ist bereits besorgt, dass ein Unglück passieren könnte!, dachte ich; was wird sie erst tun, wenn sie entdeckt, dass es ihr eigener Mann ist, der sterben will?

Doch der große Pat drosselte die Geschwindigkeit nicht. Ich rief ihm zu, dass jemand in dem Schacht sei – keine Reaktion. Jetzt sahen wir deutlich den Kopf, es war der junge Wahnsinnige, der in dem Loch stand, das Gesicht uns zugewandt. Da nahm ich die Pfeife in den Mund und pfiff ein lautes Haltesignal; doch Pat fuhr in gleicher Geschwindigkeit weiter, in einer Viertelminute würde ein Unglück geschehen. Ich schlug die Glocke so laut wie möglich, anschließend rannte ich nach vorn und packte die Bremse. Doch es war zu spät, die Bahn fuhr heulend über den Schacht, bevor sie anhielt.

Ich sprang ab, ich war verwirrt und erinnerte mich nur noch daran, dass ich einen Mann herauszerren sollte, der Widerstand leisten würde. Aber stattdessen stieg ich wieder auf the grip und wusste nicht, was ich tun sollte. Der Bahnführer war auch ganz durcheinander, er fragte sinnloserweise, ob jemand in dem Schacht gewesen sei, wie es hatte sein können, dass er nicht angehalten hatte. Die junge Dame rief: »Wie schrecklich! Wie schrecklich!«. Das Blut war ihr aus dem Gesicht gewichen und sie hielt sich krampfhaft am Sitz fest. Doch sie fiel nicht in Ohnmacht und stieg kurz darauf von the grip und ging ihres Weges.

Viele Leute kamen zusammen; wir fanden den Kopf des Verunglückten unter dem hintersten Wagen, sein Körper steckte noch im Schacht; die Klaue der Maschine hatte ihn unter dem Kinn gepackt und seinen Kopf mitgerissen. Wir schafften es, den Toten aus den Gleisen herauszubekommen, ein Streifenpolizist kam hinzu und wollte ihn fortbringen. Der Polizist schrieb außerdem etliche Namen auf, und was mich betraf, so konnten alle Fahrgäste bezeugen, dass ich geläutet und gepfiffen und zum Schluss die Bremse betätigt hatte. Außerdem mussten wir Straßenbahnbediensteten einen Bericht in unserem Büro abgeben.

Der große Pat bat mich um mein Messer. Ich verstand ihn falsch und erklärte, dass doch an Unglück genug geschehen sei. Da grinste der große Pat und zeigte mir seinen Revolver, er wolle das Messer nicht für irgendwelche Dummheiten benutzen, sondern im Gegenteil, zu etwas ganz anderem. Als er das Messer entgegengenommen hatte, verabschiedete er sich von mir und erklärte, dass er ab jetzt nicht mehr seinen Dienst ausüben könne, was ihn schon schmerze, aber ich selbst müsse deshalb die Bahn bis zur Endstation fahren, dort würde ich dann einen neuen Fahrer bekommen. Und er erklärte mir, was ich zu tun hätte. Das Messer müsse ich ihm überlassen, fuhr er fort, er wolle sich einen sicheren Hauseingang suchen und dort damit seine Uniformknöpfe abschneiden.

Und somit ging er.

Es blieb mir nichts anderes übrig, ich musste selbst zur Endstation fahren; inzwischen standen mehrere Straßenbahnen hinter mir, die nur darauf warteten, dass ich losführe. Und da ich mit der Maschine bereits ein wenig Erfahrung hatte, verlief die Fahrt ohne Probleme …

An einem Abend zwischen Weihnachten und Neujahr, an dem ich frei hatte, trieb ich mich in der Stadt herum. Als ich zum Hauptbahnhof kam, ging ich für einen Moment hinein, um mir dort drinnen das emsige Treiben anzuschauen. Ich gelangte bis auf einen der Bahnsteige, an dem ein Zug zur Abfahrt bereitstand. Plötzlich erklingt mein Name, ein lächelnder Mann steht auf den Stufen eines Eisenbahnwagens und ruft mich. Es war der große Pat. Es dauerte eine Weile, bis ich ihn wiedererkannte, er trug feine Kleider und hatte sich von seinem Bart verabschiedet.

Ich stieß einen leisen Ruf der Verblüffung aus.

»Pst! Nicht so laut! Wie ist die Sache eigentlich ausgegangen?«, fragte Pat.

»Wir sind verhört worden. Man sucht dich.«

Pat sagte:

»Ich reise in den Westen. Was würde es nutzen, hierzubleiben. Sieben, acht Dollar die Woche, davon gehen vier für die Unterkunft ab. Ich werde mir Land kaufen und Bauer werden. Es versteht sich von selbst, dass ich Geld habe. Wenn du mitkommen willst, können wir uns bei Frisco Land für den Obstanbau suchen.«

»Ich kann nicht weg von hier«, erwiderte ich.

»Da fällt mir was ein: Hier ist dein Messer. Danke fürs Leihen. Ach, weißt du, das Straßenbahnleben hat keine Zukunft. Ich war drei Jahre lang dabei und hatte erst jetzt die Möglichkeit, auszubrechen.«

Die Eisenbahn pfiff.

»Ja, leb wohl«, sagte Pat. »Ach, sag mal, wie viel hast du eigentlich von dem Mann gekriegt, den wir überfahren haben?«

»Zehn Dollar.«

»Ich auch. Nun ja, im Grunde genommen hat er uns gut bezahlt. Aber die Frau hat besser gezahlt.«

»Die Frau?«

»Die junge Frau, ja. Ich habe ein kleines Geschäft mit ihr gemacht. Und ihr kam es nicht auf ein- oder zweitausend an, sie wollte nur den Mann loswerden. Mit ihrem Geld kann ich jetzt ein leichteres Leben beginnen.«

Übersetzt von Christel Hildebrandt

Auf Tournee

Ich wollte in Drammen einen Vortrag über moderne norwegische Literatur halten. Ich hatte beschlossen, mir auf diese Weise einen höchst willkommenen Verdienst zu verschaffen, und das wäre ja unmöglich ohne einige Anstrengungen meinerseits. An einem schönen Spätsommertag sitze ich also im Zug auf dem Weg in diese gute Stadt. Wir schreiben das Jahr 1886.

Ich kannte in Drammen keine Menschenseele, und niemand kannte mich. Ich hatte meinen Vortrag auch nicht in den Zeitungen angekündigt; aber früher in diesem Sommer hatte ich in einem solventen Augenblick fünfhundert Visitenkarten drucken lassen, und die wollte ich nun in Hotels, Gaststätten und größeren Läden verteilen, um die Öffentlichkeit auf das Ereignis aufmerksam zu machen. Die Karten waren zwar nicht ganz nach meinem Geschmack ausgefallen, mein Name war falsch gedruckt, aber mit etwas gutem Willen konnte man durchaus darauf kommen, dass ich gemeint war. Und außerdem war mein Name dermaßen unbekannt, dass ein Druckfehler auch keine Rolle mehr spielte.

Während ich im Zug saß, zog ich Bilanz. Das Ergebnis konnte mir den Mut allerdings nicht nehmen. Ich hatte mich schon oft mit wenig oder gar keinem Geld wacker geschlagen. Ich war zwar auch jetzt nicht reich genug für einen Auftritt, der meines edlen, ästhetischen Zieles in der fremden Stadt angemessen gewesen wäre; aber mit Sparsamkeit würde ich es doch erreichen können. Keine überbordenden Unternehmungen! Was Essen anging, konnte ich mich im Schutze der Dunkelheit in Kellerlokale schleichen, und was das Hotel betraf, so wollte ich mir ein ›Logis für Reisende‹ suchen. Und welche anderen Ausgaben könnte ich denn haben?

Ich saß im Zug und vertiefte mich in meinen Vortrag. Ich wollte über Alexander Kielland sprechen.

Meine Mitreisenden, einige muntere Bauern, die in Kristiania gewesen waren, ließen eine Flasche rundgehen; sie boten auch mir einen Tropfen an, aber ich lehnte dankend ab. Auch später machten sie auf die wohlwollende Weise betrunkener Menschen allerlei Annäherungsversuche, aber ich ging nicht darauf ein. Am Ende entnahmen sie wohl meiner Haltung und meinen vielen Notizen, dass ich ein Gelehrter war, der allerlei zu bedenken hatte, und nun ließen sie mich in Ruhe.

In Drammen stieg ich aus dem Zug und trug meine Reisetasche zu einer Bank. Ich wollte mich erst ein bisschen sammeln, ehe ich in die Stadt ging. Die Reisetasche hätte ich übrigens gar nicht gebraucht; ich hatte sie nur mitgenommen, weil ich gehört hatte, es sei leichter, in einem Logis Zutritt zu bekommen, wenn man ›Gepäck‹ bei sich hatte. Diese arme Reisetasche aus Teppichstoff war allerdings von Alter und Strapazen dermaßen mitgenommen, dass sie zu einem reisenden Literaten überhaupt nicht passte, während meine eigene Kleidung, ein dunkelblauer Anzug, um mehrere Grade anständiger war.

Ein Hoteldiener mit Buchstaben auf der Mütze kam zu mir und wollte meine Reisetasche tragen.

Ich lehnte ab. Ich erklärte, ich hätte mich noch für kein Hotel entschieden, ich würde vorher noch einige Redakteure aus der Stadt treffen, ich sei derjenige, der den Vortrag über Literatur halten würde.

Aber ein Hotel brauchte ich doch trotzdem, ich müsste doch irgendwo wohnen? Sein Hotel sei bei weitem das beste seiner Art. Elektrische Klingelanlage. Badezimmer, Leseraum. Es liegt gleich hier in der Nähe, die Straße hoch, dann nach links.

Er packte meine Reisetasche am Griff.

Ich hielt ihn zurück.

Ob ich mein Gepäck denn selbst zum Hotel bringen wollte?

Allerdings. Zufällig führte mich mein Weg an diesem Hotel vorbei, und da könnte ich die Tasche an meinen kleinen Finger hängen und auf diese Weise transportieren.

Nun sah der Mann mich an und begriff, dass ich durchaus kein feiner Herr war. Er wanderte weiter zum Zug und hielt Ausschau nach anderen Reisenden; als er keine fand, kam er zu mir zurück und leitete neue Verhandlungen ein. Am Ende deutete er dann sogar an, dass er eigentlich nur meinetwegen zum Bahnhof gekommen sei.

Damit sah die Sache natürlich gleich anders aus. Der Mann war vielleicht von einem Komitee gesandt worden, das von meinem Kommen gehört hatte, vielleicht vom Arbeiterverein. In Drammen herrschte offenbar ein lebhaftes Geistesleben, ein starker Drang zu guten Vorträgen, die ganze Stadt voller Spannung. Ich wusste nicht, ob Drammen in dieser Hinsicht Kristiania nicht übertraf.

»Natürlich können Sie mein Gepäck tragen«, sagte ich zu dem Mann. »Und wo wir gerade davon sprechen, in Ihrem Hotel gibt es doch wohl Wein, Wein zu den Mahlzeiten?«

»Wein? Wein vom Feinsten.«

»Gut. Sie können gehen. Ich komme dann nach. Ich muss nur noch bei den Zeitungen vorbeischauen.«

Der Mann sah mich verständnislos an, deshalb fragte ich ihn um Rat:

»Welche Redakteure würden Sie mir empfehlen? Ich habe keine Lust, alle aufzusuchen.«

»Arentsen ist der vornehmste, ein wohlhabender Mann. Alle gehen zu ihm.«

*

Redakteur Arentsen war in der Redaktion natürlich nicht anzutreffen, weshalb ich ihn zu Hause aufsuchte. Ich sagte meinen Spruch auf, es gehe um Literatur.

Ja, dafür gebe es hier wenig Verständnis. Ein schwedischer Student sei im vorigen Jahr hergekommen, um über den ewigen Frieden zu sprechen, er habe Geld dabei verloren.

Geld verloren! Herr Arentsen war köstlich. Ging er etwa davon aus, dass ich für eine Firma reiste? Ich fragte kurz und bündig:

»Wissen Sie, ob der große Saal des Arbeitervereins frei ist?«

»Nein«, erwiderte der Redakteur. »Der Arbeiterverein ist morgen Abend vermietet. Dort werden antispiritistische Kunststücke aufgeführt. Dazu gibt es Affen und wilde Tiere. An anderen Lokalen fällt mir nur der Parkpavillon ein.«

»Würden Sie den empfehlen?«

»Das ist ein großes, luftiges Lokal. Der Preis? Ach, den weiß ich nicht, aber Sie bekommen den Saal sicher sehr billig. Sie müssen mit der Leitung sprechen.«

Ich entschied mich für den Parkpavillon. Der war genau

das Richtige. Die Räumlichkeiten der Arbeitervereine konnten oft klein und unbequem sein. An wen ich mich wenden solle?

Rechtsanwalt Carlsen, Kürschner Soundso und Buchhändler Derundder.

Ich machte mich auf den Weg zu Rechtsanwalt Carlsen. Der wohnte auf dem Land, ich ging und ging und endlich nahm der Weg ein Ende. Ich brachte mein Begehr vor und verlangte den Parkpavillon. Der müsse doch gerade für etwas so Seltenes wie einen literarischen Vortrag geeignet sein.

Der Rechtsanwalt überlegte, dann schüttelte er den Kopf.

Nicht? Sei das Lokal so groß? Er müsse doch zugeben, dass es auch nicht schön wäre, wenn aufgrund von Platzmangel Leute weggeschickt werden müssten.

Der Rechtsanwalt erklärte die Sache genauer. Er könne mir von dem ganzen Vorhaben nur energisch abraten. Hier bestehe lediglich ein geringes Interesse an solchen Dingen, ein schwedischer Student sei ebenfalls zu einem Vortrag hergekommen ...

»Ja, aber der wollte über den ewigen Frieden sprechen«, sagte ich, »mir dagegen geht es um Literatur, um schöne Literatur.«

»Außerdem kommen Sie zu einem unglücklichen Zeitpunkt«, beharrte Herr Carlsen. »Soeben ist eine antispiritistische Vorstellung beim Arbeiterverein angekündigt worden, und da gibt es Affen und wilde Tiere.«

Nun lächelte ich und sah den Mann an. Er schien es wirklich ernst zu meinen, und ich gab ihn als hoffnungslos auf.

»Was verlangen Sie für den Pavillon?«, fragte ich kurz.

»Acht Kronen«, antwortete er. »Über die Vermietung des Parkpavillons muss allerdings gemeinsam bei der Vorstandssitzung abgestimmt werden. Ich kann Ihnen übermorgen verbindlich Bescheid sagen, aber ich glaube, Ihnen das Lokal bereits jetzt zusagen zu können.«

Ich rechnete blitzschnell. Für die beiden Wartetage veranschlagte ich drei Kronen, acht für den Park, das waren elf; für den Eintrittskartenverkäufer eine Krone, das waren zwölf. Vierundzwanzig Zuhörer à 50 Öre könnten die Ausgaben also decken, die übrigen ein oder zweihundert Menschen, die kommen würden, wären also der Reingewinn.

Ich schlug zu. Der Pavillon war gemietet.

*

Ich fand das Hotel und ging hinein. Ein Mädchen fragte:

»Wünschen Sie das Zimmer im Erdgeschoss oder in der ersten Etage?«

Ich antwortete ruhig und ohne zu zögern:

»Ich wünsche ein billiges Zimmer, das billigste, das Sie haben.«

Das Mädchen musterte mich. War ich ein Witzbold, der mir einen Spaß daraus machte, nach einem billigen Zimmer zu fragen? Hatte ich mich nicht beim Kellner erkundigt, ob es Wein zum Essen gebe? Oder spielte ich hier den Bescheidenen, um das Hotel nicht in Verlegenheit zu bringen? – Sie öffnete eine Tür. Ich fuhr zurück.

»Da, das hier wäre frei«, sagte sie. »Das hätten wir für Sie. Ihr Gepäck steht bereits dort.«

Es gab keinen Weg zurück; ich trat ein. Es war der allerfeinste Salon des Hotels.

»Wo ist das Bett?«

»Dort, ein Schlafsofa. Wir können hier doch kein Bett hineinstellen. Aber das Sofa lässt sich nachts zum Bett ausziehen.«

Das Mädchen zog sich zurück.

Meine Stimmung schlug um. Da stand meine elende Reisetasche, in einer solchen Umgebung. Und meine Schuhe sahen nach der langen Wanderung über die Landstraße übel aus. Kurz gesagt, ich fluchte.

Sofort schaut das Mädchen zur Tür herein und fragt:

»Wünschen Sie etwas?«

Auch das noch. Nicht einmal eine kurze Bemerkung konnte ich machen, ohne dass jemand von den zahlreichen Bediensteten angestürzt kam.

»Nein«, antwortete ich mit harter Stimme. »Ich wünsche zwei belegte Brote.«

Sie sieht mich an.

»Nichts Warmes?«

»Nein.«

Dann begriff sie. Der Magen. Es war Frühling. Ich hatte meine schwierige Phase.

Zusammen mit den belegten Broten brachte sie auch eine Weinkarte. Dieses dressierte Geschöpf ließ mich den ganzen Abend lang nicht in Ruhe. »Soll ich Ihre Decken anwärmen?«, »Dort drinnen ist das Bad, wenn Sie wünschen« …

Als der Morgen kam, sprang ich nervös auf und fing an, mich anzuziehen. Ich fror; natürlich war das verflixte Schlafsofa zu kurz für mich gewesen und ich hatte schlecht geschlafen. Ich klingelte. Niemand kam. Es musste noch sehr früh am Morgen sein, ich hörte keine Geräusche von der Straße, und als ich mich ein bisschen besonnen hatte, sah ich, dass es noch nicht ganz hell war.

Ich sah mich im Zimmer um. Es war das prachtvollste, das ich je gesehen hatte. Ich versank bis zu den Knöcheln in dem weichen Teppich und wartete. Nun würden mir die letzten Schillinge genommen werden und vielleicht würden sie nicht einmal ausreichen. In aller Eile fing ich an, mein Geld zu zählen, dann ertönen Schritte auf dem Gang und ich höre auf.

Aber niemand kam. Die Schritte auf dem Gang waren Einbildung gewesen.

Wieder fing ich an zu zählen. Ich schwebte in entsetzlicher Ungewissheit. Wo steckte jetzt das Mädchen mit dem aufdringlichen Diensteifer von gestern Abend? Schlief dieses faule Geschöpf etwa noch, obwohl fast schon helllichter Tag war?

Endlich kam sie, halb angezogen, nur in ein Tuch gehüllt.

»Sie haben geklingelt?«

»Ich möchte um die Rechnung bitten«, sagte ich so gefasst wie möglich.

Die Rechnung? Das sei nicht so einfach, die Madame schlafe noch, es sei erst drei. Das Mädchen sah ratlos aus und starrte mich an. Was war das nun wieder für ein Benehmen? Was ging es sie an, dass ich das Hotel frühzeitig zu verlassen gedachte?

»Das lässt sich nicht ändern«, sagte ich. »Ich brauche die Rechnung sofort.«

Das Mädchen ging.

Nun blieb sie eine Ewigkeit verschwunden. Was meine Unruhe noch steigerte, war die Annahme, dass das Zimmer nach Zeit berechnet wurde, pro Stunde, und dass ich hier durch unverschuldete Wartezeit mein Geld vergeudete. Ich kannte mich mit dem feinen Hotelleben nicht aus und fand diese Berechnungsweise überzeugend. Außerdem hing neben der Waschschüssel die Mitteilung, dass für Zimmer, die nicht bis sechs geräumt werden, der volle Preis bezahlt werden müsse. Das alles erfüllte mich mit Furcht und verwirrte mein schönliterarisches Haupt.

Endlich klopfte das Mädchen an die Tür und kam herein.

Niemals, niemals werde ich dem Schicksal diesen geschmacklosen Scherz vergessen! Zwei Kronen und siebzig Öre, das war alles! Eine Bagatelle, ein Trinkgeld, das ich dem Mädchen für Haarnadeln schenken könnte. Ich knallte etliche Kronen auf den Tisch – der Rest ist für Sie! Ist mir ein Vergnügen, meine Liebe.

Man musste Stil zeigen. Und dieses Mädchen hatte wirklich keinen Tadel verdient. Ein Mädchen von seltener Güte, ein herzensguter Mensch, in einem Hotel in Drammen der Willkür der Reisenden preisgegeben. Solche Frauen werden nicht mehr geboren, die Art ist ausgestorben. Welche Fürsorge bewies sie mir doch bis zum letzten Moment, als sie merkte, dass sie es mit einem reichen Mann zu tun hatte.

»Der Hoteldiener wird Ihr Gepäck tragen.«

»Durchaus nicht! Durchaus nicht!«, erwiderte ich, um ihr keine Mühe zu machen. »So eine Belanglosigkeit wie eine Reisetasche. Und dazu eine so elende Reisetasche. Ich kann Ihnen sagen, die hat mich auf all meinen literarischen Tourneen begleitet. Ich will keine andere, das ist so eine Marotte von mir.«

Aber Widerspruch war zwecklos, der Diener wartete schon draußen. Er starrte meine Reisetasche mit bohrendem Blick an, als ich damit ankam. Ach, wie kann so ein Mann eine Reisetasche derart ansehen und danach brennen, sie an sich zu bringen!

»Ich trage die für Sie«, sagte er.

Brauchte ich mein verbliebenes Geld nicht selbst? Konnte ich denn wirklich mit Einnahmen für meinen Vortrag rechnen? Also wollte ich meine Reisetasche nicht hergeben.

Aber der Hoteldiener hatte sie bereits in der Hand. Dieser

ganz besonders fürsorgliche Mensch schien sie nicht für eine Last zu halten, er dachte offenbar auch nicht an Lohn, er trug sie so treuherzig, als ob er für den Besitzer einer solchen Reisetasche in den Tod gehen könnte.

»Halt!«, rief ich plötzlich und blieb stehen. »Wohin bringen Sie die Reisetasche eigentlich?«

Nun lächelte der Bursche.

»Das müssen Sie entscheiden«, sagte er.

»Das stimmt«, sagte ich. »Das werde ich entscheiden. Das geht hier nicht nach Ihrer Nase.«

Ich wollte ihn unter gar keinen Umständen noch länger bei mir haben, wir waren an einem ›Logis für Reisende‹ in einem Keller vorbeigekommen, und in diesem Keller wollte ich vorsprechen. Aber dabei wollte ich keinen Burschen aus einem konkurrierenden Hotel neben mir haben. Ich wollte mich ganz allein hinschleichen.

Ich zog eine halbe Krone hervor und gab sie dem Burschen.

Er streckte noch immer die Hand aus.

»Ich habe auch gestern Ihr Gepäck getragen«, sagte er.

»Das ist für gestern«, erwiderte ich.

»Und nun habe ich es auch getragen«, fuhr er fort.

Dieser Teufel, er plünderte mich aus!

»Und das hier ist für heute«, sagte ich und warf ihm noch eine halbe Krone zu. »Und jetzt verschwinden Sie endlich!«

Der Bursche ging. Aber er drehte sich mehrere Male um und behielt mich im Auge.

Ich ging zu einer Bank auf der Straße und setzte mich. Es war ein bisschen kalt, aber als die Sonne aufging, wurde es besser. Ich nickte ein und muss eine ganze Weile geschlafen haben; als ich aufwachte, waren noch andere Menschen auf der Straße und aus mehreren Schornsteinen stieg Rauch auf.

Nun ging ich in den Keller und feilschte um den Preis. Ich sollte für die Nacht eine halbe Krone bezahlen.

*

Als die beiden Wartetage vorüber waren, begab ich mich abermals hinaus aufs Land zu Rechtsanwalt Carlsen. Er wiederholte seinen Rat, das ganze Vorhaben aufzugeben, aber ich ließ mich nicht beirren. Inzwischen hatte ich in Arentsens Zeitung sogar eine Annonce mit Zeit, Ort und Thema aufgegeben.

Als ich nun die Miete für den Saal bezahlen wollte, wonach ich dann vollkommen pleite sein würde, sagte Herr Carlsen, dieser seltsame Mann:

»Das hat doch Zeit bis nach dem Vortrag.«

Ich verstand ihn falsch und war beleidigt.

»Glauben Sie vielleicht, ich hätte keine acht Kronen?«

»Bewahre!«, sagte er. »Aber ehrlich gesagt, es steht doch gar nicht fest, dass Sie das Lokal überhaupt brauchen werden, und dann müssen Sie dafür auch nicht bezahlen.«

»Ich habe den Vortrag bereits angekündigt«, sagte ich.

Er nickte.

»Das habe ich gesehen«, erwiderte er. Gleich darauf fragte er: »Sprechen Sie auch, wenn nicht mehr als fünfzig Zuhörer kommen?«

Ich war eigentlich ein wenig beleidigt; aber ich dachte darüber nach und sagte, fünfzig wären wirklich ein minimales Publikum, aber ich würde es trotzdem tun.

»Aber für zehn würden Sie nicht sprechen?«

Nun lachte ich laut.

»Nein. Sie müssen schon entschuldigen. Es gibt ja wohl Grenzen.«

Wir redeten nicht mehr darüber, und ich bezahlte für das Lokal. Wir fingen an, über Literatur zu sprechen. Der Rechtsanwalt kam mir nicht mehr so hoffnungslos vor wie bei meinem ersten Besuch, er war offenbar ein interessierter Mann, aber im Vergleich zu meinen eigenen fand ich, dass seine Ansichten eher nichts taugten.

Als ich mich verabschiedete, wünschte er mir von Herzen für den morgigen Abend ein volles Haus.

Von großen Hoffnungen erfüllt ging ich zurück in meinen Keller. Alles war jetzt bereit zum Gefecht. Schon am Vormittag hatte ich für anderthalb Kronen einen Mann angeheuert, der durch die Stadt gehen und meine fünfhundert Visitenkarten verstreuen würde, das große Ereignis war nun weit und breit bekannt.

Ich geriet in eine gewissermaßen feierliche Stimmung. Bei dem Gedanken an das wichtige Ereignis, das mir bevorstand, fühlte ich mich elend in dem kleinen Keller mit dem armseligen Publikum. Alle wollten wissen, was ich für einer war und warum ich hier wohnte. Die Wirtin, die Frau hinter dem Tresen, erklärte, ich sei ein gelehrter Mann, der den ganzen Tag studierte und schrieb, und sie betonte, dass man mich nicht mit Fragen belästigen dürfe. Sie war mir eine große Hilfe. Die Menschen, die dieses Lokal aufsuchten, waren arme hungrige Teufel in Arbeiterbluse und Hemdsärmeln, Arbeitsleute und Hafenarbeiter, die im Keller vorbeischauten, um sich einen heißen Kaffee oder einen Blutkloß mit Butter und Weichkäse zu holen. Ab und zu wurden sie unangenehm und schalten die Wirtin aus, weil die Waffeln zu alt oder die Eier zu klein waren. Als sie hörten, dass ich im Parkpavillon sprechen würde, wollten sie wissen, was der Eintritt kostete, aber eine halbe Krone war zu viel, sie wollten mit mir um den Preis feilschen. Ich gelobte mir, mich von diesen

Menschen nicht in meiner Würde kränken zu lassen, die waren ja ganz einfach ungebildet.

Ein Herr hatte das Zimmer neben meinem. Er sprach ein furchtbares schwedisch-norwegisches Gemisch und die Wirtin nannte ihn Herr Direktor. Wenn dieser Mann zu uns anderen in den Keller gefegt kam, erregte er große Aufmerksamkeit, unter anderem, weil er immer mit seinem Taschentuch den Staub vom Stuhl wischte, ehe er sich setzte. Er war ein feiner Mann mit kostspieligen Angewohnheiten, wenn er ein belegtes Brot wollte, verlangte er immer nur »frisches Brot mit der allerbesten Butter«.

»Sind Sie das, der den Vortrag halten wird?«, fragte er mich.

»Ja, das ist er«, antwortete die Wirtin.

»Das ist eine schlechte Spekulation«, meinte der Herr Direktor zu mir. »Sie machen ja gar keine Reklame. Haben Sie nicht gesehen, welche Reklame ich mache?«

Es kam heraus, wer dieser Herr war: der Antispiritist, der Mann mit den Affen und den wilden Tieren.

»Ich werbe mit sooo großen Plakaten«, sagte er nun. »Ich klebe sie überall an, wo ich vorbeikomme, und darauf sind ganz große Buchstaben. Haben Sie meine Buchstaben nicht gesehen? Und die Tiere sind auch darauf gezeichnet.«

Mein Vortrag handele aber von schöner Literatur, wandte ich ein, also von Kunst, von geistigen Dingen.

»Mir doch scheißegal«, erklärte er. Und er verharrte in seiner Frechheit. »Es wäre etwas anderes, wenn Sie in meine Dienste träten. Ich brauche einen Mann, der die Tiere vorstellen kann, und ich möchte lieber einen Fremden, jemanden, der hier in der Stadt nicht bekannt ist. Wenn ein Bekannter auftritt, schreit das Publikum: Aber da ist ja Petterson. Was weiß der denn von exotischen Tieren?«

Ich wandte mich in stummer Verachtung von dem Mann ab. Ich konnte es nicht über mich bringen, auf so viel Unverschämtheit eine Antwort zu geben.

»Überlegen Sie sich die Sache!«, sagte der Herr Direktor. »Denken Sie darüber nach. Ich zahle fünf Kronen pro Abend.«

Nun erhob ich mich wortlos und verließ den Keller. Ich fand, dass mir gar nichts anderes übrigblieb. Der Herr Direktor hatte natürlich Angst vor meiner Konkurrenz, ich würde das gesamte Publikum der Stadt anziehen, er wollte sich meiner entledigen, wollte mich bestechen. Nie im Leben!, sagte ich mir. Niemals werde ich mich zum Verrat an den geistigen Dingen verlocken lassen. Mein Weg ist der zu den Idealen!

*

Der Tag verging, und der Abend kam. Ich bürstete meinen Anzug sorgfältig ab, zog mich an und machte mich auf den Weg zum Parkpavillon. Es war sieben Uhr. Ich hatte meinen Vortrag mit großer Sorgfalt eingeübt, mein Kopf war erfüllt von all den erhabenen, prachtvollen Worten, die ich verwenden wollte, und ich sah einen sicheren Erfolg vor mir, zweifellos würde die Schlacht, die ich zu schlagen gedachte, auch telegraphisch bekannt gemacht werden.

Es regnete, es war nicht das günstigste Wetter, aber ein literarisch interessiertes Publikum würde sich von ein paar Regentropfen nie im Leben zurückhalten lassen. Mir begegneten doch Leute auf der Straße; ein Paar nach dem anderen, das sich einen Regenschirm teilte. Ich merkte allerdings, dass sie allesamt nicht in dieselbe Richtung gingen wie ich – zum Parkpavillon. Wo wollten sie hin? Ach, das war wohl das gemeine Volk auf dem Weg zu Arbeiterverein und Affen.

Der Eintrittskartenverkäufer stand auf seinem Posten.

»Ist schon jemand da?«, fragte ich.

»Noch nicht«, antwortete er. »Aber es ist ja noch über eine halbe Stunde hin.«

Ich ging in den Saal, diesen endlosen Raum, wo meine Schritte wie Hufschläge widerhallten. Ach großer Gott, wenn der Saal doch vollbesetzt gewesen wäre, Kopf an Kopf, Damen und Herren, die auf den Redner warteten – aber keine Menschenseele!

Ich wartete die lange halbe Stunde, niemand kam. Ich ging hinaus zum Eintrittskartenverkäufer und fragte ihn nach seiner Meinung. Die war etwas zurückhaltend, aber sie tröstete mich. Der Eintrittskartenverkäufer vertrat die Meinung, dass heute Abend kein Wetter für einen Vortrag sei, die Leute gingen nicht aus dem Haus, wenn es so heftig regnete; außerdem, sagte er, können wir mit dem Hauptandrang in den letzten Minuten rechnen.

Und wir warteten.

Endlich kam ein Mann, tropfnass und eilig: Er bezahlte eine halbe Krone für seine Eintrittskarte und ging hinein.

»Jetzt kommen sie«, sagte der Eintrittskartenverkäufer und nickte, »das ist so eine üble Gewohnheit der Leute hier, in letzter Sekunde zu kommen.«

Wir warteten. Es kam niemand mehr. Am Ende kam mein einziger Zuhörer wieder aus dem Saal und sagte:

»Was für ein Hundewetter!«

Es war Rechtsanwalt Carlsen.

»Ich fürchte, dass heute niemand kommt«, sagte er. »Es gießt doch wie aus Kannen!« Er sah meine verzagte Miene und fügte hinzu: »Nein, ich habe das am Barometer gesehen. Das ist viel zu schnell gefallen. Deshalb habe ich Ihnen ja von dem Vortrag abgeraten.«

Der Eintrittskartenverkäufer wollte noch immer mein Bestes.

»Wir warten noch eine halbe Stunde«, sagte er. Es müsste doch mit dem Teufel zugehen, wenn am Ende nicht doch noch zwanzig, dreißig Leute kämen.

»Das glaube ich nicht«, sagte der Rechtsanwalt und knöpfte seinen Regenmantel zu. »Ach, und wo wir gerade dabei sind. Sie brauchen für das Lokal natürlich nichts zu bezahlen.«

Er hob den Hut, grüßte und ging.

Der Eintrittskartenverkäufer und ich warteten noch eine halbe Stunde und diskutierten den Fall miteinander. Es war sehr peinlich und ich fühlte mich zutiefst gedemütigt. Und der Rechtsanwalt hatte zu allem Überfluss seine halbe Krone nicht zurückbekommen. Ich wollte ihm hinterherlaufen, aber der Eintrittskartenverkäufer hielt mich zurück.

»Dann behalte ich die«, sagte er. »Und Sie schulden mir nur noch eine halbe Krone.«

Aber ich gab ihm eine ganze. Er hatte treu zu mir gehalten, und dafür wollte ich mich erkenntlich zeigen. Er bedankte sich aufrichtig und gab mir zum Abschied die Hand.

Ich ging als geschlagener Mann nach Hause. Die Enttäuschung, die Ablehnung lähmten mich nahezu. Willenlos ließ ich mich durch die Straßen treiben und dachte nicht darüber nach, wo ich war. Zu allem Überfluss fiel mir nun auch noch ein, dass ich nicht einmal mehr genug Geld hatte, um nach Kristiania zurückzugelangen.

Es regnete noch immer.

Ich war vor einem großen Haus angekommen; ich sah von der Straße her drinnen einen beleuchteten Schalter, an dem Eintrittskarten verkauft wurden. Es war der Arbeiterverein. Ab und zu lief noch immer ein verspäteter Mensch hinein, kaufte sich am Schalter eine Eintrittskarte und verschwand durch die großen Türen in den Saal. Ich fragte am Schalter, wie viele Eintrittskarten verkauft worden seien. Es war fast voll.

Dieser elende Direktor hatte mich mit Glanz geschlagen.

Also schlich ich mich nach Hause in den Keller. Ich aß nichts und trank nichts, sondern ging in aller Stille ins Bett.

Mitten in der Nacht wurde angeklopft und ein Mann trat ein. Er hielt eine Kerze in der Hand. Es war der Direktor.

Wie ist das denn mit dem Vortrag gelaufen, wollte er wissen.

Unter anderen Umständen hätte ich den Mann hinausgeworfen, jetzt war ich zu erschlagen für einen kecken Auftritt, und ich antwortete nur, ich hätte den Vortrag abgesagt.

Er lächelte.

Es war kein Wetter für einen Vortrag über schöne Literatur, erklärte ich. Das könne er ja wohl einsehen.

Er lächelte noch immer.

»Wenn Sie nur wüssten, wie schrecklich das Barometer gefallen ist«, sagte ich.

»Ich hatte volles Haus«, erwiderte er. Übrigens lächelte er jetzt nicht mehr, sondern bat sogar um Entschuldigung für die Störung. Er habe ein Anliegen.

Sein Anliegen war von überaus kurioser Art; er wollte mir abermals ein Engagement als Redner bei seinen Vorstellungen anbieten.

Ich war zutiefst gekränkt und forderte ihn eindringlich auf, meine Nachtruhe nicht länger zu stören.

Statt zu gehen, setzte er sich mit der Kerze in der Hand auf mein Bett.

»Wir können doch darüber reden«, sagte er. Er erklärte, dass der Drammenser, den er angestellt hatte, um die Tiere ›vorzustellen‹, allen hier bekannt sei. Er selbst – der Direktor – habe mit seinen antispiritistischen Kunststücken phänomenalen Erfolg gehabt, der Drammenser jedoch, der Redner, habe alles für ihn ruiniert. Das ist doch Bjørn Pedersen, hatten die Leute gerufen, woher hast du denn den Dachs? Aber Bjørn Pedersen erklärte programmgemäß, das sei kein Dachs, sondern eine Hyäne aus dem Buschland, die bereits drei Missionare gefressen habe. Da schrien die Leute vor Wut, weil er sie zum Narren halten wollte. »Ich verstehe das nicht«, sagte der Direktor, »ich hatte ihm das Gesicht schwarz gemalt und ihm eine Perücke aufgesetzt, aber trotzdem wurde er erkannt.«

Das alles ging mich nichts an, und ich drehte mich zur Wand.

Niemals würde ich so tief sinken, wie er es mir hier vorschlug. Man hat doch schließlich Ehre im Leib!

*

Am nächsten Tag kam der Herr Direktor zu mir und bat mich, mir einen Vortrag anzusehen, der von den Tieren handelte. Ob ich wohl hier und da korrigieren und die Sprache berichtigen könnte, er würde mich auch dafür bezahlen, ich würde zwei Kronen bekommen.

Trotz allem übernahm ich diese Arbeit. Ich tat dem Mann doch einen Gefallen, und es war sozusagen eine Arbeit im Dienste der Literatur. Außerdem brauchte ich diese zwei Kronen. Aber ich trug ihm aufs Strengste auf, meine Mitwirkung zu verschweigen.

Ich arbeitete den ganzen Tag, schrieb die Rede von Anfang bis Ende neu, packte viel Gefühl und noch mehr Geist in die Beschreibungen, fügte eine Menge Vergleiche hinzu und war immer mehr inspiriert von meiner Arbeit. Als ich später an diesem Abend dem Herrn Direktor mein Werk vorlas, hatte der Mann in seinem ganzen Leben noch nichts Vergleichbares gehört und war zutiefst beeindruckt. Zum Dank gab er mir drei Kronen.

Das rührte und ermunterte mich. Ich fasste nun wieder Hoffnung, was meine literarische Mission anging.

»Hätte ich doch nur einen tüchtigen Mann, der diese Rede vortragen könnte«, sagte der Herr Direktor. »Aber so einen gibt es hier nicht.«

Ich dachte darüber nach. Es war im Grunde empörend, dass so ein hergelaufener Bjørn Pedersen eine so hervorragende Rede halten und sie durch einen elenden Vortrag verderben sollte. Ich konnte diese Vorstellung nicht ertragen.

»Ich könnte das unter gewissen Bedingungen vielleicht tun«, sagte ich.

Der Herr Direktor zuckte zusammen.

»Welche Bedingungen? Ich gebe Ihnen sieben Kronen.«

»Ja, das ist mir recht. Aber die Hauptsache ist, dass es unter uns bleibt, wer Ihr Redner wirklich ist.«

»Das verspreche ich.«

»Ja, denn Sie können sich ja denken«, sagte ich, »dass ein Mann mit meiner Mission es sich eigentlich nicht leisten kann, Vorträge über Tiere zu halten.«

Nein, das konnte er sich denken.

»Und wenn diese Rede nicht durch und durch mein eigenes literarisches Werk wäre, würde ich mich niemals dazu herablassen.«

Nein, auch das konnte er sich denken.

»Also werde ich Ihnen wirklich diesen Gefallen tun«, sagte ich.

Der Herr Direktor dankte mir.

Als es sieben schlug, gingen wir zum Arbeiterverein. Ich

sollte mir die Tiere ansehen und mich ein wenig über den Umgang mit ihnen informieren.

Es waren zwei Affen, eine Schildkröte, ein Bär, zwei Hundewelpen und ein Dachs.

Von Wölfen und Dachs war in meiner ›Vorstellung‹ kein Wort vorhanden, dagegen sehr viel mehr über eine gewisse Hyäne aus dem Buschland, einen Zobel und einen Marder, »bekannt aus der Bibel«, sowie einen ungeheuerlichen amerikanischen Graubären. Über die Schildkröte brachte ich den prachtvollen Witz, das sei eine feine Dame, die sich ausschließlich von echter Schildkrötensuppe ernährte.

»Wo sind Zobel und Marder?«, fragte ich.

»Hier«, sagte der Herr Direktor. Und er zeigte auf die Hundejungen.

»Und wo ist die Hyäne?«

Nun zeigte er ohne Bedenken auf den Dachs und antwortete:

»Hier ist die Hyäne.«

Mir wurde heiß vor Wut und ich sagte:

»So geht das aber nicht, das ist Betrug. Ich muss an das glauben, was ich verkünde, es muss meiner tiefsten Überzeugung entsprechen.«

»Wir wollen uns doch wegen einer solchen Bagatelle nicht zerstreiten«, sagte der Herr Direktor. Er holte eine Flasche aus einer Ecke hervor und bot mir einen Schnaps an.

Um ihm zu beweisen, dass ich nichts gegen ihn persönlich hatte, sondern nur gegen sein schändliches Verhalten, nahm ich das Glas und leerte es. Er trank dann auch.

»Stürzen Sie mich nicht ins Unglück«, sagte er. »Nun ist die Rede so wunderbar, die Tiere sind auch nicht schlecht, wirklich nicht schlecht. Sehen Sie doch, so ein großer Bär! Halten Sie die Rede, und alles ist gut.«

Nun betraten die ersten Zuhörer den Saal, und der Herr Direktor wurde immer nervöser. Ich hielt sein Schicksal in der Hand, und es wäre durchaus angemessen gewesen, wenn ich meine Macht entsprechend genutzt hätte. Mir war natürlich auch klar, dass ich innerhalb der kurzen Zeit, die mir nun blieb, nicht so viele Korrekturen in meiner Rede vornehmen könnte, außerdem wäre ganz einfach kein Mensch in der Lage gewesen, in die Schilderung eines Dachses dasselbe Gefühl zu legen wie in die einer grauenerregenden Hyäne. Bei Korrekturen würde mein literarisches Werk also mehr verlieren, als ich verantworten könnte. Das sagte ich dem Herrn Direktor.

Er begriff sofort. Er schenkte mir noch einen Schnaps ein, und ich trank.

Die Vorstellung begann vor vollem Haus, der Antispiritist führte Kunststücke vor, die kein Teufel hätte begreifen können, er zog sich Taschentücher aus der Nase, fand in der Tasche einer alten Frau unten im Saal einen Kreuzbuben, ließ einen Tisch über den Boden schweben. Am Ende wurde der Herr Direktor zum Geist und versank in einer Luke im Boden. Das Publikum war hingerissen und trampelte wie wahnsinnig. Nun kamen die Tiere an die Reihe. Der Herr Direktor führte sie eigenhändig vor, eins nach dem anderen, und ich sollte sie vorstellen.

Mir war sofort klar, dass ich den Erfolg des Herrn Direktor nicht nachmachen könnte, aber ich hoffte doch, dass die wirklich Aufnahmefähigen im Publikum Interesse an meiner Darbietung haben würden. In dieser Hoffnung wurde ich auch nicht enttäuscht.

Als die Schildkröte vorgeführt worden war, hatte ich es nur noch mit Landtieren zu tun, und ich nahm meinen Ausgangspunkt bei Noah, der ein Paar von allen Tieren mitnahm, die im Wasser nicht leben konnten. Aber die Sache kam nur schwer in Gang, das Publikum war nicht mehr in der richtigen Laune. Zobel und Marder wurden nicht nach Verdienst gewürdigt, obwohl ich sogar erzählte, wie viele von diesen kostbaren Tierfellen die Königin von Saba bei ihrem Besuch bei König Salomo am Leib getragen hatte. Nun bekam ich doch das Gefühl, dass es besser ging, angeregt durch das biblische Thema, und durch die beiden Schnäpse wurde meine Rede farbenfroh und schön, ich löste mich von meinem Papier und sprach frei, und als ich endete, riefen mehrere Stimmen unten im Saal Bravo und das ganze Haus applaudierte.

»Hinter dem Vorhang steht ein Schnaps«, flüsterte der Herr Direktor mir zu.

Ich trat zurück und fand das Glas. Die Flasche stand daneben.

Inzwischen führte der Herr Direktor ein weiteres Tier vor und wartete auf mich. Ich schenkte mir noch einen Schnaps ein, und setzte mich wieder. Die Wartezeit kam dem Herrn Direktor wohl zu lang vor, er begann mit einer Vorstellung in seiner unmöglichen Mischmasch-Sprache, und ich hörte zu meinem Entsetzen, dass er die Hyäne vorzeigte, er versprach sich zu allem Überfluss und bezeichnete sie als Dachs. Nun überkam mich die Wut, ich sprang auf die Bühne, führte den Direktor zur Seite und ergriff selbst das Wort. Die Hyäne war der Triumph der Vorstellung, ich musste reden wie nie zuvor, um die Situation zu retten, und schon vom ersten Moment an, als ich den Herrn Direktor beiseiteführte, hatte ich das Publikum für mich gewonnen. Ich ließ ihn auflaufen, sagte, er könne in seinem ganzen Leben unmöglich schon einmal eine Hyäne gesehen haben, und nun schilderte ich das hemmungslose Leben einer solchen Bestie. Die Schnäpse wirkten, meine Begeisterung stieg in schwindelerregende Höhen, ich hörte, dass meine Worte immer blutiger und heftiger wurden, während die Hyäne zu Füßen des Herrn Direktors stand und geduldig mit ihren winzigen Äuglein klimperte. »Halten Sie sie ja gut fest!«, schrie ich den Herrn Direktor an. »Die ist schon auf dem Sprung, sie hat es auf mein Gedärm abgesehen! Halten Sie die Pistole bereit, falls sie sich losreißt!«

Der Herr Direktor war offenbar selbst nervös gewesen, er zog die Hyäne zu sich – die Leine riss und das Tier schlüpfte ihm zwischen die Beine. Frauen und Kinder schrien los, und der halbe Saal sprang auf. In diesem Augenblick war die Spannung unerträglich. Dann kam die Hyäne mit Trippelschritten auf uns zu, lief über die Bühne und zurück in ihre Höhle. Der Herr Direktor knallte die Tür hinter ihr zu.

Wir atmeten alle auf, und ich schloss meinen Vortrag mit einigen wenigen Worten ab. Diesmal hätten wir noch Glück gehabt, sagte ich, und noch an diesem Abend sollte eine schwere Eisenkette für das Untier besorgt werden. Dann machte ich eine Verbeugung und trat ab.

Nun brach der Beifall los, es wurde gewaltiger Lärm gemacht und nach dem Redner gerufen, dem Redner. Ich ging auf die Bühne, verbeugte mich ein weiteres Mal, und ich hatte wirklich ungeheuren Erfolg. Noch der letzte Mensch im Saal klatschte bis zum Ausgang. Aber irgendwer lachte auch.

Der Herr Direktor war zufrieden, er dankte mir aufrichtig für meine Hilfe. Jetzt würde er sicher noch viele Male volles Haus haben.

Als ich gehen wollte, wartete vor der Tür ein Mann auf mich. Es war mein Eintrittskartenverkäufer vom Parkpavillon. Er hatte die Vorstellung besucht und war begeistert. Er pries in hohen Tönen meine Beredsamkeit, ich dürfe den

Vortrag im Parkpavillon wirklich nicht aufgeben, jetzt müsse ich ihn ankündigen, wo die Leute gehört hatten, wozu ich in der Lage war. Zum Beispiel zu einer Wiederholung der Rede über die Hyäne, vor allem, wenn ich das Tier auch mitbrächte.

*

Aber der Herr Direktor, dieser schamlose Mann, wollte am nächsten Tag nicht mit dem Geld herausrücken. Wenn ich mich nicht schriftlich zu einem weiteren Auftritt verpflichtete, würde er es auf eine Klage ankommen lassen, sagte er. Dieser Schwindler, dieser Schurke! Wir schlossen einen vorläufigen Vergleich: Er bezahlte mir fünf Kronen. Mit den dreien, die er mir schon gegeben hatte, macht das acht, und ich hatte genug für die Rückfahrt nach Kristiania. Aber meine geschriebene Rede wollte er behalten. Wir verhandelten lange über diesen Punkt, denn ich wollte ihm die Rede nur höchst ungern zum Besudeln überlassen. Andererseits war sie ja unleugbar sein Eigentum, da er dafür bezahlt hatte. Also gab ich schließlich nach. Er wusste meine Arbeit ja so außerordentlich zu schätzen.

»Eine solche Rede habe ich noch nie gehört«, sagte er. »Ich weiß noch, gestern, da hat sie mich mehr ergriffen als jede Predigt.«

»Ja, da haben Sie es«, erwiderte ich. »Das ist die Macht der Literatur über die Sinne!«

Das waren meine letzten Worte an ihn. Gegen Mittag nahm ich den Zug zurück nach Kristiania.

Übersetzt von Gabriele Haefs

Die Stimme des Lebens

Der Schriftsteller H*** erzählt: Am Binnenhafen in Kopenhagen liegt eine Straße mit Namen Vestervold, ein neu angelegter, unbelebter Boulevard. Dort stehen nur vereinzelte Häuser, kaum Gaslaternen, und nur selten begegnet man einem Menschen. Nicht einmal jetzt im Sommer kommt es häufig vor, dass dort jemand spazieren geht.

Nun gut! In dieser Straße hatte ich gestern Abend ein Erlebnis.

Ich war einige Male den Bürgersteig auf- und abgegangen, als mir eine Dame entgegenkommt. Ansonsten ist keine Menschenseele zu sehen. Die Gaslaternen sind angezündet, aber es ist trotzdem ziemlich dunkel, und ich kann das Gesicht der Dame nicht erkennen. Vermutlich eine der üblichen Nachtschwärmerinnen, dachte ich mir und ging an ihr vorüber.

Am Ende des Boulevards drehe ich um und gehe wieder zurück. Die Dame hat ebenfalls kehrtgemacht, so dass ich ihr ein weiteres Mal begegne. Ich dachte: Sie wartet auf jemanden, ich möchte wissen, auf wen. Und ein weiteres Mal gehe ich an ihr vorüber.

Als ich ihr zum dritten Mal begegnete, zog ich meinen Hut und sprach sie an.

Guten Abend! Wartete sie auf jemanden?

Sie fuhr zusammen. Nein … doch, sie wartete auf jemanden.

Ob sie etwas dagegen habe, dass ich ihr Gesellschaft leiste, bis derjenige eintreffe?

Nein, sie habe nichts dagegen, sie danke mir. Im Übrigen, sagte sie, warte sie auf niemanden, sie gehe lediglich spazieren. Es sei hier so still.

Wir schlenderten Seite an Seite und fingen eine belanglose Plauderei an. Ich bot ihr meinen Arm.

»Nein danke«, sagte sie und schüttelte den Kopf.

Es bereitete mir kein rechtes Vergnügen, hier so spazieren zu gehen, auch konnte ich sie im Dunkeln nicht sehen. Mit einem Streichholz leuchtete ich meine Uhr an. Dann hielt ich es hoch und beleuchtete damit ihr Gesicht.

»Halb zehn«, sagte ich.

Sie zitterte, so als friere sie. Ich nutzte die Gelegenheit, um sie zu fragen: »Sie frieren ja. Möchten Sie vielleicht irgendwo hineingehen und etwas trinken? Ins Tivoli? Ins National?«

»Sie sehen ja, dass ich jetzt nirgends hineingehen kann«, entgegnete sie.

Erst da fiel mir auf, dass sie einen langen Trauerschleier trug.

Ich bat sie um Verzeihung und rechtfertigte mich mit der Dunkelheit. Die Art und Weise, wie sie meine Entschuldigung aufnahm, sagte mir, dass sie keine der üblichen Nachtschwärmerinnen war.

»Nehmen Sie meinen Arm«, sagte ich abermals. »Das wärmt.«

Sie nahm meinen Arm.

Wir gingen einige Male auf und ab. Sie bat mich, noch einmal auf die Uhr zu schauen.

»Es ist zehn Uhr«, sagte ich. »Wo wohnen Sie?«

»Im Gamle Kongevei.«

Ich machte halt.

»Darf ich Sie nach Hause begleiten?«, erkundigte ich mich.

»Lieber nicht«, antwortete sie. »Nein, das ist nicht möglich … Sie wohnen in der Bredgade?«

»Woher wissen Sie das?«, fragte ich überrascht.

»Ich weiß, wer Sie sind«, entgegnete sie.

Pause. Arm in Arm biegen wir in die erleuchteten Straßen ein. Sie ging mit schnellen Schritten, und ihr langer Schleier wehte. Sie sagte:

»Lassen Sie uns rascher gehen.«

Vor ihrem Haus im Gamle Kongevei drehte sie sich zu mir um, als wolle sie mir für die Begleitung danken. Ich öffnete ihr die Haustür, und sie trat langsam ein. Mit meiner Schulter hielt ich die Tür auf und folgte ihr. Drinnen griff sie nach meiner Hand. Keiner von uns sagte ein Wort.

Wir stiegen einige Treppen hinauf und blieben in der zweiten Etage stehen. Sie öffnete die Wohnungstür, schloss eine weitere Tür auf, nahm meine Hand und führte mich hinein. Anscheinend standen wir in einem Wohnzimmer, denn ich hörte eine Wanduhr ticken. Die Dame blieb einen Moment lang an der Tür stehen, schlang mir dann plötzlich die Arme um den Hals und küsste mich bebend und heiß auf den Mund. Mitten auf den Mund.

»Setzen Sie sich«, sagte sie. »Hier steht ein Sofa. Ich mache eben Licht.«

Und sie machte Licht.

Verwirrt und neugierig blickte ich mich um. Ich befand mich in einem großen, außerordentlich hübsch eingerichteten Wohnzimmer, von dem aus mehrere geöffnete Türen zu benachbarten Zimmern führten. Ich fragte mich, was für einem Menschen ich hier begegnet war, und sagte:

»Sehr hübsch haben Sie es. Wohnen Sie hier?«

»Ja, das ist mein Zuhause«, antwortete sie.

»Ihr Zuhause – dann sind Sie also die Tochter des Hauses?«

Sie lächelte und entgegnete:

»Nein, nein. Ich bin eine alte Madame. Sehen Sie.«

Und sie legte ihren Mantel und den Schleier ab.

»Sehen Sie jetzt?«, sagte sie und wieder schlang sie die Arme um meinen Hals, stürmisch und mit unbezähmbarer Leidenschaft.

Sie war vielleicht zweiundzwanzig, dreiundzwanzig Jahre alt, trug einen Ring an der rechten Hand und konnte darum tatsächlich eine verheiratete Frau sein. Hübsch? Nein, sie hatte Sommersprossen und fast keine Augenbrauen. Aber sie sprühte vor Lebendigkeit, und ihr Mund war von außergewöhnlicher Schönheit.

Ich wollte sie ausfragen, wie sie heiße, wer ihr Mann sei, falls sie einen hatte, ich wollte wissen, in wessen Haus ich mich hier befand. Doch als ich den Mund öffnete, warf sie sich mir an den Hals und verbot mir meine Neugier.

»Ich heiße Ellen«, sagte sie. »Kann ich Ihnen etwas anbieten? Es macht keine Umstände, ich kann gerne läuten. Sie müssen nur so lange dort hineingehen, ins Schlafzimmer.«

Ich ging ins Schlafzimmer. In dem schwachen Licht, das vom Wohnzimmer hereinfiel, sah ich zwei Betten. Ellen läutete und bat um Wein. Ich hörte, wie ein Dienstmädchen den Wein brachte und wieder ging. Kurz darauf folgte Ellen mir ins Schlafzimmer und blieb an der Tür stehen. Ich machte einen Schritt auf sie zu, sie gab einen wimmernden Laut von sich und kam mir im selben Moment entgegen …

Das war gestern Abend.

Was weiter geschah? Nur Geduld, es geschah noch mehr!

Als ich heute Morgen erwachte, wurde es gerade hell. Hinter dem Rouleau drang Tageslicht ins Zimmer. Ellen war ebenfalls wach. Sie seufzte müde und lächelte mich an. Ihre Arme waren weiß und wie Samt, ihre Brüste prall. Ich flüsterte ihr etwas ins Ohr und sie verschloss meinen Mund mit dem ihren, stumm vor Zärtlichkeit. Draußen wurde es heller Tag.

Zwei Stunden später war ich auf den Beinen. Ellen ist ebenfalls aufgestanden und macht sich an ihrer Kleidung zu schaffen, die Schuhe hat sie bereits angezogen. Da geschieht etwas, das mich noch in diesem Augenblick durchzuckt wie ein Albtraum. Ich stehe am Waschtisch, Ellen geht in das Nebenzimmer, und als sie die Tür öffnet, drehe ich mich um und blicke in den Raum hinein. Von den offenen Fenstern her streift mich ein kalter Luftzug, und mitten im Zimmer auf einem langen Tisch sehe ich eine Leiche liegen. Eine Leiche, in einem Sarg, weißgekleidet, mit grauem Bart, die Leiche eines Mannes. Seine mageren Knie zeichnen sich wie zwei wütend geballte Fäuste unter dem Leichentuch ab, und sein Gesicht ist ganz gelb und furchterregend. All das sehe ich im hellen Tageslicht. Ich wende mich ab und sage kein Wort.

Als Ellen zurückkam, war ich angezogen und fertig zum Gehen. Nur mit Mühe gelang es mir, ihre Umarmung zu erwidern. Sie zog sich noch etwas über, denn sie wollte mich zur Haustür bringen, und ich ließ es geschehen und sagte noch immer nichts. Im Eingang drückte sie sich an die Mauer, um nicht gesehen zu werden, und flüsterte:

»Auf Wiedersehen.«

»Bis morgen?«, sagte ich fragend.

»Nein, nicht morgen.«

»Warum nicht morgen?«

»Schweig, Liebster, morgen muss ich zu einer Beerdigung, ein Verwandter ist gestorben. So, jetzt weißt du es.«

»Und übermorgen?«

»Ja, übermorgen, ich warte hier im Eingang auf dich. Lebwohl.«

Ich ging …

Wer war sie? Und wer war der Tote? Wie er die Fäuste ballte und die Mundwinkel in einer grotesken Fratze nach unten zog! Übermorgen wollte sie mich erwarten – sollte ich sie noch einmal treffen?

Ich gehe geradewegs zum Café Bernina, bitte um das Adressbuch und schlage den Gamle Kongevei, Hausnummer soundso, nach – und ja, ich finde den Namen. Ich warte, bis die Morgenzeitungen kommen, und stürze mich dann darauf, um die Todesanzeigen zu studieren – und ja, ich finde auch die ihre, die oberste, fettgedruckt: Nach langer Krankheit verstarb heute mein Mann im Alter von 53 Jahren. Die Anzeige trägt das Datum von vorgestern.

Lange bleibe ich dort sitzen und grübele darüber nach. Ein Mann hat eine Ehefrau, sie ist dreißig Jahre jünger als er, er bekommt eine langwierige Krankheit, und eines Tages stirbt er.

Und die junge Witwe atmet auf.

Übersetzt von Maike Barth

Kleinstadtleben

Wenn es nicht zu stark regnet, hört man die ganze Woche hindurch von früh bis spät die gleichmäßig klirrenden Nagel- und Bolzenschläge draußen von der Werft. Dies ist das einzige öffentliche Geräusch der Stadt, von überall aus und in jedem Haus zu hören.

Es ist ein kleiner, ruhiger Ort, eine friedliche Bastion der Konservativen mit Schiffern, einem Spirituosenladen und einer Kirche. Die Nachtwächter haben hier wenig zu tun; Schlägereien und andere Unruhen in den Straßen gibt es zum Erstaunen aller Fremden sehr selten, und wenn ein junger Seemann oder ein Wandergeselle es doch einmal an einem Abend übertreibt und laut singend oder fluchend durch die Straßen zieht, ist es, als ob die Stille des Ortes selbst dafür sorgt, dass seine Stimme gedämpft wird. Und die Nachtwächter schlendern seelenruhig die Straße entlang, ohne nach links oder rechts zu sehen; denn das brauchen sie nicht.

Nachts wird in der Stadt geschlafen. Niemand ist wach, es gibt kein Gezeche. Abends treffen sich die beiden Nachtwächter unten am Makrelenmarkt. Das ist ihr Startpunkt. Sie begrüßen sich, gehen ein wenig gemeinsam, sitzen ein wenig, schlafen ein wenig, rauchen ein wenig, spazieren wieder ein wenig herum – so vergeht die Nacht. Sie kennen jeden Menschen, und jeder Mensch kennt sie. Kommt an einem

Abend einer der Herren der Stadt etwas später als sonst die Straße hinunter, um nach Hause zu gehen, wissen die Nachtwächter sofort, ob er von einer Taufe oder nur von einem Junggesellenabend kommt. Niemand kann ihnen etwas vormachen. Und wenn in der Stille und Dunkelheit der Nacht die städtische Karriole an ihnen vorbeisaust und eine Frau mit Haube in der Karriole sitzt und dahinter ein Mann, dann wissen die Nachtwächter auch, was los ist. Dann stecken sie die Köpfe zusammen, flüstern und nicken wie die Klatschweiber und sind sich zutiefst einig. Und wenn die Uhr sechs schlägt, gehen sie jeweils ihrer Wege durch die Stadt und verbreiten in allen Häusern, in denen die Leute bereits aufgestanden sind, dass die Hebamme vor zwei Stunden durch die Stadt gefahren ist und dass die Frau vom Schiffer Gabrielsen ein Kind bekommen hat.

Es gibt in der Stadt außerdem zwei lahme Schneider, einen Bettler, die Heilsarmee, einen Anleger für Dampfschiffe, ein Zollhaus und eine Bank. All das gibt es hier. Und im Zentrum der Stadt befindet sich die ›Vereinigung‹, Athenäum und Club zugleich, wo die Väter der Stadt abends zusammenkommen, um Kundgjørelsestidende, ihr Amtsblatt, und Morgenbladet, ihre Tageszeitung, zu lesen. Man liest hier in der Stadt nicht übermäßig und unnötig viel, der Buchhändler verkauft alles, von Kämmen und Schokoriegeln bis hin zu Schulbüchern und Hauspostillen. Es gibt hier einen Mann, der in seiner Jugend jede Zeile von Holbergs Peder Paars gelesen haben soll; aber es lief nicht alles glatt im Leben dieses Mannes, jetzt ist er Tagelöhner und ein alter Junggeselle, der obendrein ein bisschen wunderlich geworden ist. Sein Name ist Tønnes Olai. Niemand weiß, wovon Tønnes Olai eigentlich lebt, aber zu den üblichen Essenszeiten ist er nie auf der Straße zu sehen, also befindet sich wohl genug zu essen in dem alten Häuschen, in dem er sommers wie winters allein und unbemerkt vor sich hin lebt. Außerhalb der Essenszeiten findet man ihn aber immer auf der Straße. Er ist ein kleiner Mann mit rotblondem Haar und Bart, also nicht besonders ansehnlich, der arme Kerl, obwohl er in letzter Zeit ein bisschen zugelegt hat; aber bei allem, was er tut, geht er ruhig und bedächtig zu Werke, und immer mit leicht gesenktem Kopf wegen seiner Belesenheit und Nachdenklichkeit. Da er die ganze Stadt kennt, fühlt er sich verpflichtet, alle zu grüßen; die meisten grüßen ihn zurück, nur der Konsul beschränkt sich bei seinem Gruß darauf, mit dem Zeigefinger an seinen Hut zu tippen.

Dieser Tønnes Olai genießt unter den kleinen Leuten einen gewissen Ruf. Sowohl die einfachen Fischer als auch die Hafenarbeiter legen Wert darauf, ihn als ihren Kameraden und Gefährten zu bezeichnen. Sie glauben, dass er seinen Lebensunterhalt auf geheimnisvolle Weise verdient, indem er nur seinen Kopf benutzt; er ist ein Satan, denken sie, niemand hat ihn je arbeiten sehen, aber er lebt und wird fülliger, es rechnet sich für ihn.

Aber Tønnes Olai ist kein Satan im eigentlichen Sinne. Das Einzige, was er vielleicht einzugestehen bereit wäre, ist die Eigenart, Tag und Nacht auf zu sein und überall in der Stadt gleichzeitig umherzuschleichen …

Wacht man nun an einem Morgen auf, ohne dass das einzige öffentliche Geräusch der Stadt von der Werft herüberschallt, dann weiß man, dass die Woche um ist – es ist Sonntag. Und dann gehen die Stadtbewohner fein herausgeputzt in die Kirche.

Die Kirchenstraße windet sich als schmaler Streifen einen Hügel hinauf. Viele Schritte sind diesen Weg schon entlanggetrampelt, schwere Schifferstiefel haben die Kieselsteine zu Sand zermahlen. Und der Sand lässt sich bereitwillig vom kleinsten Windstoß aufwirbeln. Schiffer Andresens Frau, die eine wohlhabende Person ist, hält noch immer an dem Brauch aus ihrer Jugend fest, ein Kleid mit einer Schleppe zu tragen, und man kann sich vorstellen, wie viel Sand sie aufwirbelt, wenn sie in die Kirche geht. Und viele verfluchen sie dafür.

Da gehen die Mädchen in hellen Farben und Ehefrauen in dunklen. Und da gehen Jensen vom Kaufmann Berg und der Apotheker und Olsen vom Zoll. Und dann kommt der Fotograf Rosen, der nur ein Bein und seinen Platz im Leben noch nicht gefunden hat. Der Konsul überragt sie alle, wenn er kommt. Er hat nach wie vor dunkles Haar und ist darauf bedacht, nicht ohne eine Blume im Knopfloch zu erscheinen, obwohl er drei erwachsene Kinder hat – der Draufgänger!

Die Schiffer erscheinen grüppchenweise. Sowohl die, die gerade erst von einer Fahrt zurückgekehrt sind, als auch die, die dem Meer bereits für immer Lebewohl gesagt haben. Braun und faltig und klobig sind sie, und sie gehen wie Pferde, die schwer zu ziehen haben, aber ihre Worte sind heiter und ihre Gesichter sorglos.

Dann kommt der Nachmittag.

Ein Schiffer nimmt seinen rechtschaffenen Kollegen mit auf einen Spaziergang zum Zollkai der Stadt. Nach und nach versammeln sie sich alle hier. Menschentrauben lösen sich auf und bilden sich neu, man geht von einem zum anderen und unterhält sich. Hier wird über die Makrele diskutiert, über die frische Makrele und die gesalzene Makrele, die gebeizte Makrele und die eingelegte Makrele. Man kann die Makrelen-Diskussion als erfolgreich betrachten, wenn sie bis sechs Uhr beendet worden ist; wenn bis dahin keine Einigung erzielt wird, werden die Verhandlungen dennoch ohne weitere Rücksichtnahme abgebrochen. Das Horn eines Dampfschiffs draußen auf dem Fjord ist das Signal, und von diesem Moment an bringt niemand mehr das Wort Makrele über die Lippen.

Das Postschiff steuert schwerfällig auf die Stadt zu.

Jetzt stürmen alle Menschen hinunter zum Schiffsanleger, denn um sechs Uhr schlägt die große Stunde für die kleine Stadt. Selbst Menschen auf Krücken humpeln los, und Menschen in Rollstühlen werden hinunter zum Kai geschoben, wenn das Postschiff ankommt. Vier Männer sind bereit, um den Tross in Empfang zu nehmen, und ein halbes Dutzend junger Damen hat sich zusammengetan, um einen Brief in den Briefkasten des Schiffes zu werfen. Eine Schar von Schifferfrauen hat sich eingefunden, um zu sehen, was für ein Handelsreisender oder Wandergeselle jetzt in die Stadt kommt. Auch die Heilsarmee ist mit ihren roten Farben und Plakaten zur Stelle, man bekommt einen Zettel in die Hand gedrückt und liest: »Großes Gebets- und Jubeltreffen um 7:30 Uhr. Kadett Olsen. Major A. S. Thorgersen. Bitte bereite dich auf die Begegnung mit Gott vor.«

Dann klingelt es das erste Mal an Bord und kurz darauf das zweite Mal. Eine verspätete Dame, die sich das Ganze ansehen will, kommt mit gerafften Röcken den Kai entlanggelaufen. Ihr ist heiß und sie atmet schwer.

»Wollen Sie mit?«, fragt der Steuermann vom Bug aus.

»Nein«, keucht sie.

Sie will nur bei diesem Großereignis dabei sein, wie alle anderen auch. Und Gott sei Dank kommt sie gerade noch rechtzeitig, um zu sehen, wie die zwei Kisten Bier fürs Hotel an Land gehievt werden.

Dann läutet es zum dritten Mal, der Steg fällt herunter, und die Maschinen beginnen zu klopfen.

Und nun wogen die Menschenmassen zurück, verlassen den Ort des Geschehens und verstreuen sich in der Stadt. Die Neugierigen aber folgen dem Postsack, die jungen Damen, die auf Briefe warten, und die Herren, die Vestlandske Tidende abonniert haben. In einer Stunde werden sie alle ihre Neuigkeiten ausgehändigt bekommen haben, eine Stunde voller Anspannung und Unruhe, voller Hoffnungen und Wünsche. Dann gehen alle Interessierten nach Hause.

Nach dem Abendessen besuchen die ehrwürdigen Väter der Stadt die ›Vereinigung‹, um die neuen Zeitungen zu studieren.

So vergeht der Sonntag in dem kleinen Städtchen. Und ebenso ruhig und friedlich verläuft der Montag, ja, Monat für Monat geht das so.

Doch dann kam dieses fürchterliche Jahr, in dem die Stadt in ihren Grundfesten erschüttert wurde, und nur die Kirche und ein paar andere Dinge davon unversehrt zurückblieben.

*

Es begann so langsam und schleichend, wie etwas nur beginnen kann: Fotograf Rosen, der Einbeinige, der seinen Platz im Leben nicht gefunden hatte, erhängte sich. Er hatte mal hier und mal dort in der Stadt gewohnt, ohne eine endgültige Bleibe gefunden zu haben, denn überall hatte er Schulden; schließlich verpfändete er seine Apparate und vertrank alles. Und dann erhängte er sich. Vorher hatte er aber noch Zeit genug, sich zu verloben; seine Braut war dazu auch noch eine Kaufmannstochter, trug also Hut und Sonnenschirm und gehörte zu den jungen Damen, obwohl sie eigentlich schon über dreißig war. Es hieß auch, sie habe ihrem Verlobten, dem Fotografen, mehr als einmal aus der Klemme geholfen, so dass sie jetzt nur noch sehr wenig für sich selbst übrighatte. Aber andere unverheiratete Frauen ihres Alters meinten, das sei ihr ganz recht geschehen – was wolle sie schließlich mit dem! –, und am Ende stellten sie es sogar so hin, als ob der Fotograf sich erhängen musste, um der Hochzeit zu entkommen, der Arme. Denn er war im Grunde ein blitzgescheiter und gebildeter Mann, der begriffen hatte, worauf das alles hinauslief.

Doch Fotograf Rosen riss auch Olsen vom Zollamt mit sich. Olsen hat sich zwar nicht erhängt, aber er bekam einen Knacks fürs Leben. Das passiert, wenn Menschen von niedrigem Stand zu hoch hinauswollen. Olsen vergriff sich am Zoll, es stellte sich heraus, dass er dreihundert Kronen aus der Kasse gestohlen hatte. Nun, es gab einige, die geahnt hatten, dass es böse enden würde. Denn Olsen vom Zollamt war einer von denen, die gelbe Strohhüte und helle Anzüge tragen mussten, sobald es Frühling wurde, und wenn es jemanden in der Stadt gab, der die Spitze eines seidenen Taschentuchs aus der Jackentasche ragen lassen und einen in der Stadt gefertigten Spazierstock in der Hand halten musste, so war es Olsen. Kannte nicht alle Welt seine Mutter, eine einfache Witwe, die allein in ihrem Häuschen wohnte, vom Waschen und Putzen lebte und bei den Festen der feinen Leute aushalf! Aber Olsen wollte nicht schlechter gestellt sein als andere Staatsdiener; er suchte seinen Platz neben Fotograf Rosen und anderen, die sich Kegelbahnen und Bier und gelbe Sommerschuhe leisten konnten. Es musste mit einem tiefen Fall enden. Olsen wurde aus dem Zollamt entlassen.

In der Stadt brodelte die Gerüchteküche, und Jensen vom Kaufmann Berg schrieb ein kleines Lied über diese beiden Ereignisse. Doch dann griff der Konsul ein. Es wurde gemunkelt, dass der Konsul sich missbilligend über Jensens schäbiges Dichtwerk geäußert haben soll, auch wenn Jensen nicht bei ihm, sondern bei Berg angestellt war. Der Konsul hatte offen erklärt, dass Fotograf Rosen und Olsen vom Zollamt die einzigen beiden Rivalen von Jensen in der Stadt waren – und damit war alles gesagt, wenn der Konsul das gesagt hatte. Das hatte zur Folge, dass aus Jensen vom Kaufmann Berg nach seinem Liedchen nichts mehr werden konnte, nein, sogar im Gegenteil.

Dann passierte das mit der jungen Schiffersfrau, Olava Wollertsen, sie war in letzter Zeit nicht mehr zu sehen gewesen. Nicht, dass sie sich irgendwo hätte blicken lassen müssen, dazu gab es keine Veranlassung; aber ein Mensch hat doch seine Verpflichtungen beim Krämer und beim Bäcker und im Freundeskreis und bricht nicht jeglichen Umgang mit allen in der Stadt ab. Olava Wollertsen aber blieb zu Hause. Was machte sie da nur die ganze Zeit?

Sie war eine schöne junge Frau, sie war seit drei Jahren verheiratet, ihr Mann war seit zwei Jahren nicht mehr zu Hause gewesen, er war auf Reisen, er befehligte eines der Schiffe des Konsuls. Sie hatten ein Kind. In dem kleinen Haus mit den Rosen im Fenster herrschte Wohlstand und Sauberkeit, und niemand käme auf die Idee, dass hier etwas nicht stimmte. Auch das halbwüchsige Mädchen, das im Haushalt mithalf, konnte sich nicht vorstellen, dass Olava erweckt worden war oder sich der Heilsarmee angeschlossen hatte. Aber von den Menschen hielt sie sich fern.

Ein paar Wochen vergingen. Das Wetter war ruhig, und der Makrelenfang sehr gut, doch draußen auf dem Meer war das Wetter rau. Eines Morgens kamen zwei Lotsen mit einem Dreimaster in die Bucht. Sie hatten das Segelschiff nachts weit weg vom Leuchtturm ausgemacht. Dort trieb es einsam und von der Besatzung verlassen und war kurz davor zu sinken. Was für ein großes und prächtiges Wrack! Es war ein überwältigender Anblick, als der Dreimaster in die Bucht gesegelt kam. Die junge Else war mit zwei Freundinnen unterwegs und sah es als Erste.

»Schaut nur!«, sagte sie und zeigte dorthin. Sie erkannte schnell, dass es sich um ein Schiff handelte, das nicht von hier kam. »Das haben sie heute Nacht gefunden«, sagte sie weiter. »Das wird einen Bergelohn geben!«

Ihre Freundinnen mussten zugeben, dass sie recht hatte. Diese verdammte Else! Sie kannte sich mit allem aus, obwohl sie noch so jung war.

»Lasst uns gehen und die Frauen der Lotsen warnen«, sagte die junge Else, die ein gutes Herz hatte. »Denn das wird einen Bergelohn geben!«

Sie gingen also los.

Die junge Else war mächtig stolz, als hätte sie selbst das Schiff geborgen. Sie plusterte sich vor ihren Freundinnen auf und suchte nach etwas, womit sie sie beeindrucken könnte.

Sie sagte:

»Wisst ihr, dass Jensen vom Kaufmann Berg einen Farbfleck auf seiner neuen Hose hat?«

Ach, seit dem Machtwort des Konsuls war es keine große Sache mehr, sich auf Jensens Kosten zu amüsieren!

»Das ist doch nicht wahr!«

»Wisst ihr das nicht? Aber es ist gut für ihn, diesen Klugscheißer.« »Hahaha, so lustig.«

»Dann wisst ihr vielleicht auch nicht, dass Olava Wollertsen – so ist.«

»Wie, so?«

»Na, so!« Und die junge Else streckt ihren Bauch vor.

Da schlugen die Freundinnen die Hände über dem Kopf

zusammen und sagten: »Nein, Gott bewahre, das kann doch nicht wahr sein, oder?«

Aber die junge Else hatte das ganz gewiss so gehört.

»Wollertsen ist schon seit zwei Jahren unterwegs, das ist völlig unmöglich.«

»Ja, ihr könnt mir glauben oder nicht, aber denkt daran, was ich gesagt habe.«

Die jungen Mädchen verstanden das Ganze nicht so recht; denn wenn der Vater schon zwei Jahren lang fort war, konnte es von ihm keine Kinder geben. Und die junge Else konnte es auch nicht besser erklären, auch wenn sie den anderen gern überlegen gewesen wäre.

Von den Häusern der Lotsen aus gingen die Mädchen stracks hinunter zum Kai, wo das Wrack vertäut und ausgepumpt wurde, um es über Wasser zu halten.

Dann ging der Konsul an Bord. Die ganze Stadt stand am Kai und sah ihm dabei zu. Ein paar dumme Menschen standen ihm im Weg, so dass er höflich um Durchlass bitten musste.

Er war vornehm, schwarzhaarig und hell gekleidet und hatte seine Blume im Knopfloch. Aber unter seinem Arm trug er ein großes Protokollbuch. Und nun ging er von oben nach unten durch das Schiff und erstellte einen Rapport und notierte alle Dinge, die er sah, und alle Sachverhalte, die die Lotsen zu berichten hatten. Ein Mann aus der Zuschauermenge am Kai wurde auf das Schiff gerufen, um das Tintenfass für den Konsul zu halten, während er überall herumlief und schrieb …

Es war ein sonderbares Jahr, in dem es fast jeden Monat ein kleines Ereignis zu vermerken gab. Ein Brand bei Volksschullehrer Eliassen gehörte auch nicht zu den Alltäglichkeiten. Der gute Eliassen, ihm hatte eine Vorahnung unweigerlich geholfen; es war noch kein Jahr her, dass er Haus, Wirtschaftsgebäude und Hausrat für sehr viel Geld versichern ließ, und nun brannte alles ab. Volksschullehrer Eliassen war auch Schatzmeister der ›Vereinigung‹, und während des Brandes verbrannte der gesamte Bargeldbestand aus der Kasse. Das war die größte Schmach, einige hundert Kronen gingen in Rauch auf wie nichts. Bei der Generalversammlung der ›Vereinigung‹ wurde vorgeschlagen, dem Schatzmeister dieses Geld zu erlassen; aber Eliassen erhob sich und sagte gerührt, eher laufe er mit seiner Frau und seinen vielen kleinen Kindern nackt in der Gemeinde herum, bevor ihm eine Öre erlassen wird. Die ›Vereinigung‹ habe ihm die Ehre erwiesen, ihn in dieses verantwortungsvolle Amt zu wählen, und er kenne seine Pflicht.

Davon ließen sich die Mitglieder der ›Vereinigung‹ so sehr beeindrucken, dass sie zweihundert Kronen zusammenlegten, um Möbel für Eliassen zu kaufen.

*

Der Herbst kam, das miese Wetter, die dunklen Nächte. Die beiden Nachtwächter treffen sich unten am Makrelenmarkt, sie grüßen sich, plaudern ein wenig, gehen ein wenig die Straße entlang. Es ist Nacht und sehr dunkel. Die Laterne drüben beim Hotel spendet ein miserables Licht. Da packt einer der Nachtwächter seinen Kollegen am Arm und hält ihn zurück. Sie stehen beide staunend da.

Es geschieht das Sonderbare, dass Tønnes Olai auf seine übliche stille Art die Straße herunterkommt und geradewegs die Treppe zum Büro des Konsuls hinaufgeht. Mitten in der Nacht! Oben angekommen hält er kurz inne und legt den Kopf ein wenig schief vor lauter Gedanken, die ihn wachhalten, und die beiden Nachtwächter sind kurz davor einzugreifen und verwundert nachzufragen, als sie sehen, dass der Konsul persönlich Tønnes Olai hereinlässt. Das ist das Seltsamste, was sie in den fünfzehn Jahren, die sie schon in der Stadt Wache halten, gesehen haben! Wie angewurzelt bleiben sie stehen.

Tønnes Olai schritt leise durch die Tür und wartete, bis der Konsul den Schlüssel umgedreht hatte. Dann wurde er in das Büro im Inneren geführt. Und auch hier wurde die Tür wieder sorgfältig fest verschlossen.

»Es lohnt sich nicht, das Licht einzuschalten«, sagte der Konsul. »Es gibt ein wenig Licht von der Hotellaterne. Aber setzen Sie sich doch. Setzen Sie sich hierher.«

Tønnes Olai setzte sich ehrfürchtig auf die Kante des Stuhls.

»Da ist etwas, worüber ich mit Ihnen reden möchte«, sagte der Konsul, »da Sie ja alles wissen. Sie sind nachts überall. Sie haben mich ein- oder zweimal gesehen, kurzum, ein paarmal. Wic oft haben Sie mich denn gesehen?«

»Siebenmal, Herr Konsul«, antwortete Tønnes Olai.

»So oft war ich nicht einmal bei ihr«, sagt der Konsul. »Es kam ein paarmal vor, das gebe ich zu. Ein paar kurze Male.«

Tønnes Olai antwortet:

»Siebenmal, Herr Konsul. Verzeihen Sie mir meine Bemerkung.«

Der Konsul zündet sich eine Zigarre an, natürlich ohne dem anderen eine anzubieten.

»Wie dem auch sei«, sagt er und bläst den Rauch aus. »Aber ich hoffe, wir können uns auf den Rest einigen, mein guter Jahnsen.« Der andere lässt sich nicht um den Finger wickeln und bildet sich nichts darauf ein, dass der Konsul ihn guter Jahnsen nennt.

»Einfach Tønnes Olai, Herr Konsul«, antwortet er.

Der Konsul nickt und bläst den Rauch aus.

»Gut ... Du hast ihr gesagt, du hättest mich aus ihrem Haus kommen sehen. Das ist das eine. Das andere ist, dass du ihr gesagt hast, dass der Konsul dafür etwas springen lassen müsse. Wie viel verlangst du?«

Jetzt bietet er Tønnes Olai eine Zigarre an, die dieser ablehnt. Er will ihn nötigen, aber Tønnes lehnt ab.

»Was ich verlange?«, antwortet er. »Das kommt darauf an. Aber es ist nicht viel, was ich in meinem armseligen Leben brauche. Das möge Herr Konsul bedenken.«

»Die Summe?«

»Ich befinde mich diesbezüglich in der Hand des Konsuls.«

»Hm. Ja, das mag sein. Ja, das tust du wirklich. Ich müsste mich nicht einmal mit dir abgeben, Tønnes Olai. Aber ich mag es nicht, wenn über mich getratscht und gelogen wird, ich habe Familie. Deshalb will ich dir das Maul stopfen, das ist es, was ich will. Ich sage es ganz deutlich.«

Da fragt Tønnes Olai ehrerbietig:

»Wer soll denn der Vater sein, Herr Konsul?«

Der Konsul antwortet:

»Vater? Das wird sie doch wohl alleine schaffen?«

»So etwas ist nicht so einfach für eine alleinstehende Frau«, sagt Tønnes Olai. »Das möge Herr Konsul bedenken.«

»Ja, was meinst du denn damit?«

Tønnes spielt mit dem Hut in seinen Händen und überlegt.

»Herr Konsul könnte mich als Vater nehmen«, sagt er. »Für den Fall, dass sie mit jemandem wie mir vorliebnimmt.«

Der Konsul starrt ihn in der Dunkelheit an, er erkennt sofort, dass ihm mit diesem Vorschlag geholfen ist.

»Ich habe schon immer gesagt, dass du ein schlaues Köpfchen bist, Jahnsen. Ich habe mir oft deinen Kopf gewünscht, Jahnsen.«

Aber der andere bleibt unterkühlt.

»Ich werde im Allgemeinen nicht Jahnsen genannt, Herr Konsul. Das ist eine Übertreibung. Tønnes Olai ist mein Taufname.«

»Jaja, Tønnes Olai, ist ja gut. Aber deinen Kopf hab ich mir oft gewünscht. Dein Vorschlag ist sehr viel wert. Ich denke, er ist bares Geld wert, und nicht gerade wenig. Wie viel, meinst du?«

Tønnes Olai denkt nach.

»Tausend Kronen.«

Der Konsul holt tief Luft, als hätte ihn etwas gestochen.

»Gott sei dir gnädig! Weißt du, dass ich Familie habe? Jetzt mal im Ernst, Mann.«

»Tausend Kronen, Herr Konsul. Verzeihen Sie mir meine krüpplige Bemerkung.«

»Auf keinen Fall«, sagt der Konsul und steht auf. Nachdenklich blickt er aus dem Fenster. Dann wendet er sich wieder Tønnes Olai zu und beschließt: »Nein, so wird kein Geschäft daraus. Entschuldige, dass ich dich noch so spät belästigt habe. Ich werde jemand anderen finden.«

»Ja, aber was wird der Konsul mit mir machen?«, fragt Tønnes Olai und steht jetzt auch auf.

»Mit dir? Was soll ich denn mit dir machen, du Teufel?«, brüllt der Konsul, plötzlich vor Wut zitternd. »Ich werde dich morgen verhaften lassen. Raus!«

Der Konsul öffnet die Bürotür, und Tønnes Olai beeilt sich hindurchzukommen.

»Lassen Sie es mich erklären«, sagt er beschwichtigend und streckt unterwürfig die Hand aus. »Ich wäre wirklich der Beste, den der Herr Konsul bekommen kann.«

Dem Konsul ist klar, dass Tønnes Olai recht hat; aber er ist wütend und sagt:

»Ich werde einen anderen finden, habe ich gesagt. Schluss damit.«

Doch Tønnes Olai hat nur allzu offensichtlich recht. Als er durch die Haustür tritt, zieht ihn der Konsul zurück und schließt wieder ab. Sie gehen gemeinsam zurück ins Büro.

»Du wolltest noch etwas erklären. Erklär es jetzt.«

»Was sind tausend Kronen für einen reichen Mann!«, sagt Tønnes Olai.

»Nun, ich bin gewiss kein armer Mann, aber das geht dich nichts an. Natürlich bin ich nicht gänzlich ohne irdische Mittel; das ist auch nicht die allgemeine Meinung, hoffe ich?«

»Nein, Gott bewahre!«

»Das bin ich auch nicht. Aber tausend Kronen – nein.«

»Es könnte auf eine sehr schonende Weise geschehen.«

»Wie denn? In kleinen Raten? Du wagst es, mir so etwas vorzuschlagen?«

Tønnes Olai ruft:

»In kleinen Raten –? Herr Konsul –! Da würde ich auf der Stelle hier im Boden versinken …«

»Nein, das habe ich mir gedacht.«

»Aber man könnte es auf zwei Schultern aufteilen. Auf beide. Wenn Herr Konsul es nicht alleine schafft, kann sie etwas dazugeben, sozusagen mit dem Herrn Konsul zusammenlegen. Sie kann es sich leisten.«

Der Konsul steht wieder auf.

»Jetzt aber raus mit dir! Hinaus, sage ich! … Übrigens, hast du mit ihr darüber gesprochen?«

»Das habe ich bereits getan.«

Der Konsul denkt kurz nach und setzt sich wieder hin.

»Es ist nicht so, dass ich nicht kann«, sagt er. »Aber es ist eine Sache, zu können, eine andere ist es, zu wollen. Es wäre, als gäbe ich das Geld meiner eigenen Kinder her ... Wie viel sollte denn ihrer Meinung nach auf sie entfallen?«

»Das hat sie nicht gesagt. Aber sie ist in jeder Hinsicht ein herzensguter Mensch; Herr Konsul möge das bedenken. Sie wird schon nicht kneifen.«

»Die Hälfte!«, sagt der Konsul mit Nachdruck. »Denkst du, ich feilsche? Mehr als die Hälfte soll sie nicht übernehmen.«

Sie sind sich einig.

»Du kannst die Summe morgen irgendwann bei mir abholen. Sobald der Kassenwart kommt. Ich habe die Schlüssel nicht dabei.«

Der Konsul ließ Tønnes Olai hinaus und ging dann selbst wieder hinein, zündete die Lampe an und setzte sich hin, um zu grübeln, zu rauchen und hin- und herzurechnen ...

Die Nachtwächter standen noch an derselben Stelle. Sie hatten alles gesehen, sowohl, dass Tønnes Olai hineingelassen, als auch, dass er wieder hinausgelassen wurde. Aber sie hatten nichts gehört. Und sie konnten sich keinerlei Reim darauf machen. Deshalb versuchten sie, Tønnes Olai zu fassen zu kriegen. Aber es gelang ihnen nicht. Tønnes Olai hatte sie gesehen und nahm den direkten Weg zum Hotel und am Hotel vorbei, auf die andere Seite der Laterne, wo ihn niemand mehr sehen konnte.

*

Und wieder treffen sich die Nachtwächter bei Einbruch der Dunkelheit, und sie rauchen und schwatzen und schlendern zusammen und lassen es dabei ruhig angehen.

»Ich bin wieder auf Kautabak in der Pfeife umgestiegen«, sagt der eine.

»Ich auch«, antwortet der andere und zündet sich eine an.

»Weil dieser Tabak, den ich früher geraucht habe, mit der Zeit so schweineteuer geworden ist.«

»Den kann man wirklich nicht mehr kaufen, der ist viel zu teuer geworden.«

»Alles, was man braucht, wird teurer. Bald wird man hier nicht mehr leben können. Ist es nicht so, wie ich sage?«

»Wie abfällig du redest, Thobiesen, doch es ist so, wie du sagst! Was das Nötigste angeht, so muss halt jeder sparen und den Gürtel enger schnallen, wie es so schön heißt. Meine jüngste Tochter wurde in diesem Frühjahr konfirmiert, aber glaub mal nicht, dass wir uns ein Kleidchen für sie leisten konnten! Ein so wichtiger und bedeutungsvoller Schritt, aber sie musste sich ein Kleid von ihrer Schwester leihen.«

»Die Leute beneiden uns Staatsdiener. Sie sagen, dass wir so viel Sicherheit haben. Nun frage ich dich, Marcussen, was nützt es, im öffentlichen Dienst tätig zu sein, wenn das Nötigste so teuer ist, dass es nicht zum Leben reicht? Kaum habe ich das bisschen Lohn erhalten, ist es auch schon wieder weg. Es ist, als ob die Schillinge sich in Luft auflösen.«

»Jetzt frage ich dich, Thobiesen: Was glaubst du, wer das nicht besser wüsste? Genau, ich bin es. Dass die Schillinge sich in meinen bloßen Händen in Luft auflösen. Das ist nicht zum Aushalten.

Dabei gab es reichlich Makrelen dieses Jahr. Aber alle Leute klagen. Ich hörte, dass die Bank jemanden mahnen will.«

»Was du nicht sagst! Wer ist es?«

»Es ist die Rede von mehreren, Marcussen. Sie sagen, dass niemand außer dem Konsul übrigbleiben wird.«

»Ja, um den Konsul kann es sich nicht handeln. Er ist ja bestens ausgelastet. Wenn es bei einem seiner Geschäfte schlecht läuft, gleicht er das mit einem anderen Geschäft wieder aus, so ist das bei ihm. Und dann auch noch all seine Schiffe.«

Die Nachtwächter gehen die Straße entlang. Plötzlich hören sie das Quietschen der Karriole.

Sie ist also wieder unterwegs.

Die beiden bleiben stehen und sehen die Hebamme vorbeifahren.

»Mal sehen, wo sie hinfährt«, sagt Marcussen.

»Na, das kann ich dir sagen«, antwortet Thobiesen. »Ist sie nicht bei der Laterne am Hotel links abgebogen? Sie fährt raus nach Myren, sie fährt zu Olava Wollertsen.«

»Sowas Schweinisches. Sie hat sich unmenschlich benommen, diese Kreatur.«

»Verheiratet und alles. Was meinst du, wird Wollertsen sagen?«

»Hör bloß auf!«

»Und sie hat sogar den Hochmut, eine Hebamme zu holen.«

»Ich sag dazu nichts mehr. Und Wollertsen, der seit zwei Jahren fort ist …«

Die Hebamme fuhr zu Olava Wollertsen. Am nächsten Morgen wusste es die ganze Stadt. Jetzt konnte es nicht mehr geheim gehalten werden. Die schlaue Olava, die doch so gut darin gewesen war, sich in ihrem Zustand von den Leuten fernzuhalten!

Aber der Vater – wer war der Vater?

Tønnes Olai machte keinen Hehl daraus, dass er der Vater war – verzeihen Sie die Bemerkung! Und es gab keinen einzigen Menschen in der Stadt, der sich nicht gründlich darüber wunderte. Niemand verstand es. Handelte es sich vielleicht um einen Wahnzustand oder eine Entzündung des Herzens; schließlich war Olava jung, und schön obendrein.

Aber mit Tønnes Olai! Das ließ sich nur mit purer Fleischeslust erklären.

Und Tønnes Olai sagte auch selbst, er wisse nicht, wie er das geschafft habe. Aber er nahm sie in Schutz. Solche Damen seien oft sehr seltsam, sagte er, sie gäben sich manchmal mit jemandem von weit geringerem Stand oder von minderer Schönheit ab. So sei es auch hier geschehen. Das möge man bedenken.

Aber Tønnes Olai ging auch danach noch genauso still und bescheiden in der Stadt umher wie zuvor. Und von seinen Kameraden wurde er danach nicht weniger geschätzt. Dieser verdammte Tønnes Olai, dachten sie, hat sich von einer ganz neuen Seite gezeigt. Er ist imstande, eines Tages noch mit dem Handeln anzufangen und Kaufmann zu werden und sich Jahnsen zu nennen. Denn er versteht sich auf alles, und er sieht schon wie ein kleiner Kaufmann aus, so füllig wie er langsam wird.

*

Gegen Ende des Winters platzte die Bombe. Alle anderen Ereignisse waren nichts im Vergleich zu dieser riesigen Katastrophe. Der Konsul war bankrott.

Es gab eine Sitzung in der Bank. Man war schon eine Weile verwundert darüber, dass der Konsul begonnen hatte, so obskure Namen in seinen Papieren zu verwenden; schließlich weigerte sich Kaufmann Berg, einen dieser Schuldscheine zu verlängern. Er wollte einen Wechsel gegen einen wertvolleren austauschen. Dies war jedoch ein zu hartes Vorgehen gegen einen Mann wie den Konsul. Wenn er den Namen für kreditwürdig befunden habe, dann sei er es auch. Kurzum, Kaufmann Berg kam mit seinem Ansinnen nicht weiter.

Während dieser kleinen Unannehmlichkeit bei der Sitzung in der Bank wäre der Konsul fast zusammengebrochen. Aber er fing sich wieder und saß kalt und gleichgültig da. Er hatte noch eine Hoffnung, die letzte; er erwartete ein Telegramm vom Schiffer Wollertsen, der für ihn Obst verschiffte, ein kleines gesegnetes Telegramm über eine bestimmte Angelegenheit mit einer Reederei in New York.

»Herr Berg wünscht also einen besseren Namen«, sagte der Konsul. »Meiner bescheidenen Meinung nach ist jedweder Name eine reine Formalität. Es wird mir eine Ehre sein, den gesamten Wechsel bei der nächsten Sitzung einzulösen.«

Das war eine ordentliche Zurechtweisung …

Doch die nächste Sitzung kam, und der Konsul löste den Wechsel nicht ein. Ach, er löste überhaupt keine Wechsel mehr ein. Das Telegramm von Wollertsen war wenig erfreulich, es war eher schon fast als absurd und aberwitzig zu bezeichnen: Wollertsen habe sein Schiff verlassen, er sei durch geheime Briefe aus der Heimat alarmiert worden und befände sich nun auf dem Heimweg.

Jetzt sah der Konsul keinen Ausweg mehr …

Er erhob sich von seinem Stuhl, klopfte sich den Staub vom Revers seines Mantels und musste der ehrenwerten Bankdirektion leider eine Mitteilung machen: Schwere Verluste, Schiffsunglücke und die schlechten Zeiten hätten dazu geführt, dass er seine Stellung nicht mehr halten könne. Seine Gläubiger seien informiert worden. Er trete hiermit von seinem ehrenvollen Amt in der Bank zurück …

Die Sitzung wurde sofort vertagt.

Die Nachricht verbreitete sich in der Stadt und erschütterte so manches Zuhause, Frauen weinten, eine Bombe war in der kleinen Gemeinschaft hochgegangen. Der Konsul war bankrott – wer konnte sich da noch auf den Beinen halten? Er war der beste Ehrenmann der Stadt und eine solide Stütze; er war vielleicht in mancherlei Hinsicht selbstsüchtig und hochmütig gewesen, aber niemand außer Gott hätte sich gegen ihn stellen können. Doch Gott stellte sich schließlich gegen ihn und versetzte ihm eine vernichtende Niederlage. Und bald darauf sollten ihm viele, viele andere in den Untergang folgen.

Es war ein grandioser Ruin. Sogar das öffentliche Geräusch der Stadt war verstummt, das Hämmern draußen auf der Werft. Zwar gelang es Kaufmann Berg zügig, mithilfe von Aktien eine kleine Werft zu betreiben; aber dort tanzten die Hämmer nicht mehr so emsig, nein, es war nicht mehr derselbe Klang.

Alles war lahmgelegt. Der Konsul, sein Haus und seine Geschäfte waren das Leben, die Blüte und der Segen des Ortes gewesen, und nun war es ein Jammer zu sehen, wie derselbe Konsul auf der Straße stehen blieb, seinen schlaffen Geldbeutel hervorholte und dem Bettler der Stadt wie zuvor ein 25-Öre-Stück gab. Es lag eine enorme Komik und Selbstironie darin.

Aber wenn alles zusammenbrach, konnte die junge Else gern mit abstürzen – neigte sie mehr zum Fall als die anderen? Jetzt, wo sich die Verhältnisse als so unsicher erwiesen hatten, konnte sie auch Jensen vom Kaufmann Berg nehmen, auch wenn er im Rang weit unter ihr stand. Es war ziemlich schmerzhaft mitanzusehen, wie sie notgedrungen und voller Widerwillen mit stolzem Schritt zum Altar schreiten musste …

Kurzum, bis auf die Kirche gab es in der ganzen Stadt fast nichts, was von alledem unerschüttert blieb. Und die Schifferfrau Andresen fegte noch immer in ihrer altmodischen

Schleppe dorthin, denn sie war weiterhin wohlhabend und konnte es sich leisten. Und auch Tønnes Olai wurde immer fauler und feister, aber er verhielt sich genauso bescheiden wie früher und begann auch keinen Handel.

Jetzt stieg Kaufmann Berg zum großen Matador auf. Er wurde sowohl Bankdirektor als auch Bürgermeister. Aber Kaufmann Berg wurde nicht der Konsul. Er war ein einfacher Mann und hatte keine Bildung. Es tat weh, zu sehen und zu hören, wie er im Namen der Stadt auftrat, so erbärmlich war er. Er nannte sich selbst Direktor, aber er konnte keine flüssige und vortreffliche Rede halten, wenn es um sein Leben ging. Er versuchte es und mühte sich ab wie ein Tier, sich zu verbeugen und zu grüßen und sich auszudrücken; aber seine Worte und seine Manieren konnten so fein sein, wie sie wollten, es waren doch nicht die Worte und Manieren des Konsuls. Was sagte der Konsul, wenn man ihn aufsuchte? »Ich freue mich, Sie zu sehen!«, sagte der Konsul als feiner Mann. Aber wenn Kaufmann Berg jemanden empfing, neigte er den Kopf wie ein Pferd und sprach übertrieben höflich und sagte: »Guten Tag, ich bin erfreut, dass Sie mich mit Ihrer Gegenwart beehren!« Und wenn seine Frau Waschtag hatte, sagte er, dass sie zu Hause die Kleider reinigten.

Auch seine Frau passte nicht in die neue Rolle. Da sie genug Freizeit hatte, begann sie, Briefe zu bekommen, auf denen Frau Berg stand. Was war das für eine Dame in der Stadt? Eine Zeitlang tat der Postmeister so, als wüsste er es nicht. Aber allmählich fanden sich die Leute mit allem ab. Kaufmann Berg war unleugbar ein wohlhabender Mann; im Laufe der Jahre erwarb er immer mehr Mittel und immer mehr Firmen, schlussendlich wurde er auch Konsul, und seine Frau wurde unbestreitbar zur ranghöchsten Dame in der Stadt.

Und die wachsende Familie ließ die Stadt unter dem neuen Zepter wieder aufblühen.

Der Konsul aber – der alte Konsul – wurde Handelsvertreter für Makrelen und Lebensversicherungen. Und das in seiner eigenen Stadt, wo er einst der Fürst gewesen war! Doch als er sich in Demut übte und in sich ging, erwies Gott sich seiner gnädig und vergönnte es seiner Tochter Corelia, reich zu heiraten. Und Corelia wurde das kostbarste Kleinod ihres Mannes.

Übersetzt von Dörte Giebel

Weihnachtliches Gelage

Eine Episode aus Bæverdalen

Ein breiter Schlitten jagt über den Weg, die Glocken bimmeln. Frost, Schnee und Sterne.

Im Schlitten sitzt ein junges Paar. Sie sprechen nicht miteinander; sie achtet nicht auf ihn, wenn er etwas sagt. Bei der Brücke, wo der Wind besonders hart weht, fragt er, ob sie friere; mürrisch antwortet sie, sie friere. Bei den großen Feldern sagt er:

»Ja, jetzt sind wir bald zu Hause.«

Sie waren bald zu Hause, die Lichter des Hofes leuchteten ihnen schon entgegen. Auf dem Hofplatz stand ein Mann, der Großknecht.

»Guten Abend, Brede«, grüßen die Fremden.

»Guten Abend«, antwortet der Knecht und will die Zügel nehmen.

Die junge Frau steigt aus dem Schlitten, streift den Handschuh ab und reicht dem Knecht die Hand. Sie kennen sich schon. Ihre Hand ist kalt, seine heiß. Sie sprechen nicht miteinander, er sagt lediglich:

»Martha, das sehe ich gleich.«

Sie geht mit ihrem Mann ins Haus, und Brede führt die Pferde in den Stall.

Einige Minuten später betritt Brede die Küche und setzt sich auf die lange Bank. Er ist ein junger, starker, hochgewachsener Mann. Lärm und Gelächter aus den Wohnstuben dringen bis zur Küche; alle hören, dass auf dem Hof gefeiert wird. Und die Mägde haben mit dem Abendessen alle Hände voll zu tun.

Die Tür öffnet sich, und Martha erscheint.

Sie begrüßt das ganze Gesinde und streichelt den Hund, dann wendet sie sich an Brede und bittet ihn, ihren einen Handschuh zu suchen, sicher hat sie ihn draußen beim Schlitten verloren. Dabei trifft das Licht der Lampe ihr Gesicht, sie ist kräftig, jung und blond. Brede blickt sie kurz an, dann geht er stumm aus dem Haus.

Bald darauf folgt ihm Martha. Sie findet Brede beim Schlitten.

»Kannst du den Handschuh finden?«, fragt sie.

»Nein«, antwortet er.

Sie suchen beide weiter. Schließlich sagt sie:

»Du hast dich im letzten Jahr kaum verändert.«

»O doch«, antwortet er. »Es war ein langes Jahr.«

»Ja«, stimmte sie zu. »Es war ein langes Jahr. Und nie bist du in unsere Gegend gekommen.«

Sie können den Handschuh nicht finden. Sie bleiben bei der Treppe stehen. Er sagt:

»Du frierst, Martha. Du bist nicht dick genug angezogen.«

»Ist doch egal«, sagt sie langsam.

Ihr Mann kommt aus dem Haus. Er sieht munter und lustig aus, hat mehrere Glas Schnaps getrunken. Martha mustert ihn unwillig und geht hinein.

»Trink du doch auch ein Glas, Brede«, sagt ihr Mann gutmütig.

Beide gehen in die Küche, die Flasche wird geholt. Beim dritten Glas weigert sich Brede, noch mehr zu trinken, aber der Mann redet ihm weiter zu. Also trinkt er noch ein viertes Glas, dann springt er auf und verlässt die Küche.

Er geht hinunter in die Gesindestube. Zwei andere Knechte spielen beim Kerzenschein Karten. Es ist fast acht Uhr.

Brede setzt sich allein in eine Ecke. Er horcht auf Schritte im Gang.

Jetzt kommt jemand, um uns zum Essen zu rufen, denkt er. Und dann kommt Martha.

»Spielst du nicht?«, fragt sie ihn.

»Nein«, antwortet er.

»Dann kannst du mir wohl kurz behilflich sein«, sagt sie.

Brede folgt ihr nach draußen.

»Was willst du?«, fragt er.

Sie gibt keine Antwort. Im Gang ist es dunkel. Sie hat ihn an der Hand gefasst, und er hört ihr Herz schlagen.

»Es ist so seltsam, dich wiederzusehen«, sagt sie.

Brede gibt keine Antwort. Sie fragt:

»Du machst dir wohl nichts mehr aus mir?«

»Nein«, antwortet er. »Geh wieder ins Haus, Martha.«

Eine Minute verstreicht, dann lässt sie plötzlich seine Hand los, stößt sie fort und sagt wütend:

»Ja, weg mit dir, lass mich vorbei!«

Verwirrt und ratlos bleibt er stehen. Er schaut auf den Hofplatz hinaus, aber sie ist bereits verschwunden.

Dann werden sie zum Essen gerufen. Brede geht in die Küche und setzt sich zu dem übrigen Gesinde an den Tisch. Nach einer Weile erscheint Marthas Mann abermals mit der Flasche. Sein Gesicht ist jetzt noch röter, noch lustiger, er schenkt allen ein, zuerst und zuletzt jedoch Brede. Auch Martha lässt sich in der Küche sehen, aber sie lacht nur laut und geht neben ihrem Mann her.

»Nun gib Brede doch noch einen Schluck«, sagt sie.

Der Mann schenkt ein. Brede trinkt ein Glas nach dem anderen, dann fragt er plötzlich:

»Warum soll ich eigentlich so viel trinken?«

»Trink«, sagt der Mann.

Wütend springt Brede auf, schnappt sich seine Mütze und stürzt davon.

»Hinterher!«, ruft Martha.

Alles lacht. Martha verfolgt Brede, ihr Mann rennt lachend und johlend mit der Flasche hin und her. Immer mehr Festgäste kommen aus dem Haus, um sich den Auftritt anzusehen, auch Marthas Vater, der Hausherr, er schüttelt sich vor Lachen und hält sich den Wanst. Brede rennt zur Scheune hinunter, sieht, dass er verfolgt wird und klettert zielbewusst die Leiter hoch, höher und höher, bis er schließlich auf dem Dach der Scheune angekommen ist. Hier setzt er sich in den Schnee. Der Mond ist aufgegangen, der Abend ist blank und hell.

»Vorsicht, das kann gefährlich sein!«, schreit Martha.

Brede gibt keine Antwort.

»Ist das denn nicht gefährlich?«, ruft sie jetzt mit ängstlichem Gesicht.

Brede gibt keine Antwort. Der Mond scheint auf seinen kräftigen Körper, der auf dem Dach seinen Schatten wirft.

»Hinterher, Paul!«, sagt Martha langsam und wütend.

Ihr Mann klettert die Leiter hoch. Er lacht und redet mit den Zuschauern, klettert, kommt auf der obersten Sprosse an, schaut über die Dachkante und nickt Brede zu.

»Brede«, sagt er.

»Was willst du von mir?«, fragt Brede. »Ich werf' dich ihr auf den Kopf.«

Paul steigt auf das Dach.

»Ja, wirf mich ihr nur auf den Kopf, dazu bist du Manns genug«, sagt er. Er redet Brede gut zu, ist in jeder Hinsicht seiner Meinung, klopft ihm auf die Schulter. Er bietet ihm einen Schluck aus der Flasche an, und Brede trinkt, um ihm einen Gefallen zu tun.

Da sitzen sie nun. Die Festgäste kehren zu ihrem Festmahl zurück. Brede trinkt immer mehr, Paul umarmt ihn, sie stoßen auf gute Freundschaft an.

»Du hast Martha als Erster gekannt.« Paul zwinkert mit den Augen und lacht. »Ihr seid ja fast miteinander aufgewachsen.«

Brede fragt misstrauisch: »Was willst du jetzt eigentlich von mir hören? Frag sie doch selber.«

»Jetzt gib Brede doch etwas zu trinken«, ruft Martha von unten. »Willst du mich ins Verderben stürzen, willst du das?«, fragt Brede.

Die Flasche wird geleert. Brede sitzt schwankend auf dem Dach. Unter ihm steht Martha und beobachtet alles.

»Schließlich ist nur einmal im Jahr Weihnachten«, sagt Paul mit einfältiger Miene und will wieder nach unten klettern.

»Warte noch!«, ruft Brede ihm hinterher. »Ist die Flasche schon leer?« Er breitet die Arme aus und glotzt auf den Hofplatz hinunter. Er bewirft Paul mit Schnee und lacht aus vollem Hals.

Als Paul unten angekommen ist, sagt seine Frau:

»Und jetzt nimmst du die Leiter weg.«

Das hört Brede oben auf dem Dach, und er antwortet:

»Ja, nimm die Leiter nur weg. Ich springe runter.«

Er erhebt sich und macht sich für den Sprung bereit, tritt zurück und fällt auf das Dach. Träge und betrunken liegt er dann da und sieht zu, wie die Leiter weggenommen wird.

Auf dem Hof kehrt Ruhe ein, er schaut nach unten, kann keinen Menschen sehen und glaubt, er sei allein. Die Leiter wird wieder aufgestellt, aber Brede merkt das nicht, ihm fallen die Augen zu.

»Jetzt bringt endlich die Leiter«, murmelt er vor sich hin. Die Kälte tut ihre Wirkung, er schläft ein, dann fährt er plötzlich hoch. »Bring die Leiter, dann gebe ich dir etwas«, sagt er. »Ich habe etwas für dich.« Verwirrt und ungeheuer betrunken stemmt er sich vom Dach ab und lässt sich nach unten gleiten.

Ein Schrei ertönt, alles redet durcheinander, die Leute umringen ihn.

»Aber die Leiter steht doch da«, sagt Martha empört. »Ich habe sie zurückgebracht, da steht sie doch.«

Brede dreht sich im Schnee einige Male um sich selbst, dann erhebt er sich. Er hat sich die Stirn aufgeschlagen, er blutet, aber der Sturz hat ihn geweckt, verwundert lacht er und wischt sich mit fröhlicher Miene das Blut aus dem Gesicht. Er kann nicht stillstehen, er taumelt hin und her, und ein anderer Knecht packt ihn am Arm, um ihn zu stützen, seine Jacke öffnet sich über seiner Brust, und ein Handschuh fällt heraus.

Martha reißt die Augen auf, leidenschaftliche Freude jagt über ihr Gesicht, sie tritt näher an ihn heran, hebt den Handschuh auf und steckt ihn in die Tasche. »Er hatte meinen Handschuh«, sagt sie leise. »Er hatte ihn ja doch.«

Sie geht selber mit ins Haus, um Brede zu verbinden. Sein Rausch verfliegt langsam, sein harter Schädel ist bald geheilt. Er taumelt noch immer, seine Beine werden untersucht, und eins ist gebrochen. Martha fällt auf die Knie und bindet in aller Eile seine Schnürsenkel auf …

Zwei Jahre später wurde Martha Witwe, und noch ein Jahr darauf war Brede mit dem steifen Bein ihr Ehemann.

Übersetzt von Gabriele Haefs

Eine Straßenrevolution

Eines Morgens im Sommer 1894 wurde ich von dem dänischen Schriftsteller Sven Lange geweckt, der mein Zimmer in der Rue de Vaugirard in Paris betrat und sagte, nun sei die Revolution in der Stadt ausgebrochen.

Revolution?

»Die Studenten haben jetzt die Sache in die Hand genommen und machen auf den Straßen Revolution.«

Ich war schlaftrunken und übellaunig und sagte:

»Nehmt einen Wasserschlauch und spritzt sie von der Straße.«

Damit stieß ich jedoch Sven Lange vor den Kopf, denn er stand auf Seite der Studenten. Er war beleidigt und ging.

Die ›Sache‹, die die Studenten in die eigenen Hände genommen hatten, war folgende:

Der Verein beziehungsweise die Gesellschaft ›Die vier schönen Künste‹ wollte in dem Vergnügungsetablissement Moulin Rouge einen Ball veranstalten. Die vier Damen, die bei diesem Ball die vier schönen Künste verkörpern sollten, traten so gut wie nackt auf und trugen wohl nur ein Seidenband um den Leib. Zwar ist die Pariser Polizei langmütig und an so einiges gewöhnt, doch jetzt schritt sie ein. Dem Ball wurde ein Ende bereitet und das Etablissement wurde geschlossen.

Dagegen legten die Künstler Protest ein. Alle Studenten des Quartier Latin schlugen sich auf ihre Seite und legten ebenfalls Protest ein.

Ein paar Tage später patrouillierten einige Polizisten auf dem Boulevard St. Michel. Vor einem der vielen Lokale sitzen mehrere Studenten, die der Streife Schimpfwörter nachrufen, als sie vorübergeht. Nun ist die Pariser Polizei zwar langmütig und an so einiges gewöhnt, doch jetzt gerät einer der Polizisten in Rage. Er nimmt einen schweren steinernen Streichholzbehälter von einem der Tische am Boulevard und wirft ihn nach den Unruhestiftern. Dabei zielt er allerdings miserabel, das Geschoss fliegt durch die Scheibe in das Lokal und trifft einen gänzlich unbeteiligten Studenten am Kopf. Das unschuldige Opfer ist auf der Stelle tot.

So kam es, dass die Studenten die ›Sache‹ in die eigenen Hände nahmen …

Nachdem Sven Lange wieder gegangen war, stand ich auf und trat auf die Straße. Dort war große Unruhe, viele Menschen, Polizei zu Fuß und zu Pferd. Ich drängte mich durch die Menge, erreichte mein Restaurant, frühstückte, zündete mir eine Zigarette an und wollte wieder nach Hause gehen. Als ich das Lokal verließ, hatte die Unruhe noch zugenommen und ebenso die Zahl der Menschen. Um die Ordnung aufrechtzuerhalten, war jetzt auch die Nationalgarde zu Fuß und zu Pferde ausgerückt. Als diese sich auf dem Boulevard St. Germain zeigte, wurde sie von der Menge mit Buhrufen und Steinwürfen empfangen. Die Pferde stiegen, schnaubten und tänzelten nervös. Die Leute hackten den Asphalt in Stücke und benutzten sie als Wurfgeschosse.

Ein Mann erkundigte sich indigniert, ob ich dies für den

passenden Augenblick hielte, um eine Zigarette zu rauchen. Ich hatte ja keine Ahnung von der Tragweite meines Handelns gehabt. Auch verstand ich kaum Französisch, darum war ich teilweise entschuldigt. Doch der Mann rief mit verzweifelter Geste:

»Revolution! Revolution!«

Da warf ich die Zigarette weg.

Jetzt waren es nicht mehr nur die Studenten und Künstler, die aufbegehrten: Der Abschaum von Paris war zu Zehntausenden herbeigeströmt – Bettler, Tagediebe, Wracks. Sie kamen aus allen Ecken der Stadt, tauchten aus den Gassen auf und mischten sich unter die Menge. Mehr als ein anständiger Bürger büßte seine Uhr ein.

Der Strom riss mich mit. Brennpunkt der Tumulte war die Kreuzung der beiden Boulevards St. Michel und St. Germain, wo sich die Ordnung offenbar nur mit äußerster Mühe aufrechterhalten ließ. Die Menge war außer Rand und Band. Ein Omnibus überquerte die Brücke vom anderen Ufer der Seine. Als er auf der Place St. Michel hielt, ging ein Mann aus der Menschenmenge zu ihm hinüber, zog seinen Hut und sagte:

»Meine Damen und Herren, hätten Sie die Güte auszusteigen.«

Und die Passagiere stiegen aus.

Dann wurden die Pferde ausgespannt und der Omnibus mitten auf der Straße unter lautem Jubel umgeworfen. Den nächsten Omnibus ereilte dasselbe Schicksal. Die vorüberfahrenden Straßenbahnen wurden ebenfalls angehalten und umgeworfen, und bald hatte sich quer über die Straße von Bürgersteig zu Bürgersteig eine Barrikade aus Fahrzeugen aufgetürmt. Der Verkehr kam vollständig zum Erliegen. Passanten gelang es nicht, sich durch die wogende Menschenmenge hindurchzuzwängen, sondern sie wurden mitgerissen, von ihrem Kurs abgebracht und tief in die Seitenstraßen oder sogar durch die geschlossenen Haustüren in die Häuser hineingedrückt.

Ich war schon beinahe wieder bei meinem Ausgangspunkt am Restaurant angelangt und wurde noch weiter mitgerissen, und immer noch weiter. Dann gelangte ich an einen hohen, schwarzen Eisenzaun, der ein Museum umgab – und hier klammerte ich mich fest. Man riss mir fast die Arme aus, aber ich hielt stand. Plötzlich ertönte ein Schuss, zwei Schüsse. Panik ergriff die Menschenmenge, die unter hysterischem Geschrei in die Seitenstraßen flüchtete. Dies machte sich die Polizei zunutze, um den Pöbel in alle Richtungen zu verfolgen, ihn niederzureiten und mit den Säbeln um sich zu schlagen.

In diesem Moment wähnte man sich im Krieg.

Ich hatte das Glück, am Zaun stehen bleiben zu können, wo jetzt kaum noch Gedränge herrschte. Ein Nachzügler kam keuchend auf mich zu, ganz außer sich vor Angst. Er umklammerte seine Visitenkarte, drückte sie mir in die Hand und flehte um sein Leben; er dachte bestimmt, ich wolle ihn töten. Auf der Karte stand Dr. Hjohannes. Am ganzen Leibe zitternd stand er vor mir. Er erklärte mir, er sei Armenier auf Studienreise in Paris, eigentlich sei er Arzt in Konstantinopel. Ich verschonte sein Leben und nahm es ihm nicht. Ich erinnere mich noch sehr gut an den Mann, besonders an sein verstörtes Gesicht mit dem spärlichen schwarzen Bart, und dass so große Lücken zwischen den Zähnen in seinem Oberkiefer klafften, obwohl er keinen einzigen davon verloren hatte.

Nun ging das Gerücht, dass die Schüsse aus einem Schuhgeschäft gekommen seien, oder eigentlich aus der darüber liegenden Werkstatt. Es waren ›italienische‹ Arbeiter, die auf die Polizei geschossen hatten – wie nicht anders zu erwarten, gab man den Italienern die Schuld. Jetzt fasste die Menge wieder Mut und strömte zurück auf den Boulevard. Die berittene Polizei versuchte, das Zentrum der Unruhen mit einem Kordon abzuriegeln, um zu verhindern, dass sich noch weitere Menschen aus anderen Teilen von Paris anschlossen. Als die Menge diese Hinterlist bemerkte, begann sie, die Scheiben der Zeitungskioske einzuwerfen, die Gaslaternen mit Steinen zu zertrümmern und die Eisengitter herauszureißen, die die Kastanien auf dem Boulevard schützen – nur um der Polizei etwas anderes zu tun zu geben, als die Straße abzusperren. Als dies nichts half, verlegte man sich darauf, die sich aufbäumenden Polizeipferde vollends in Panik zu versetzen, indem man die Barrikade aus umgestürzten Omnibussen in Brand steckte. Man fuhr auch damit fort, den Asphalt zu Projektilen zu zerlegen, und da es sich hierbei um eine schwere Arbeit handelte, die zudem die Nachfrage bei Weitem nicht decken konnte, griff man zu anderen Mitteln. Man hackte die zerbrochenen Eisengitter um die Kastanienbäume in Stücke und demolierte Umzäunungen und Treppengeländer, und schon bald kam die Reihe auch an meinen eigenen schönen hohen Eisenzaun. Und so warf man und brüllte und zerstörte und floh und kehrte wieder zurück.

Auf diese Weise vergingen die Stunden.

Dann erhielt die Ordnungsmacht Verstärkung von Truppen aus Versailles. Ein Schock fuhr durch die Menge. Polizei und Nationalgarde hatte man verhöhnt und ihnen allen erdenklichen Schaden zugefügt, doch als die Truppen auf der Bildfläche erschienen, rief das Volk: »Es lebe die Armee! Es lebe die Armee!« Und die Offiziere hoben die Hand an die Mütze und dankten für die Ehrenbezeigungen. Doch kaum waren Offiziere und Soldaten vorübergeritten, als der Radau mit der Polizei und den Fensterscheiben und Zäunen wieder von vorn losging. Da war alles wieder beim Alten.

So wurde es Abend.

Jetzt brüllten die Studenten:

»Bespuckt Lozé!«

Lozé war der Polizeipräfekt. Es formierte sich ein gewaltiger Aufmarsch, der zum Amtssitz des Polizeipräfekten wollte, um Lozé zu ›bespucken‹. Der Zug setzte sich in Bewegung. Und die zurückbleibenden Tausende fuhren mit ihren Ausschweifungen fort.

Da es nicht den Eindruck machte, als werde es an diesem Tag noch etwas zu sehen geben, kehrte ich zu meinem Restaurant zurück, nahm eine Mahlzeit zu mir und gelangte schließlich über einen sehr weiten Umweg nach Hause …

Doch die Tage vergingen und die Tumulte dauerten an. Sobald man aus seinem Zimmer und auf die Straße trat, hörte man außerordentliche Dinge. Eines Abends wollte ich wieder einmal zum Essen mein Restaurant aufsuchen. Es fiel ein leichter Regen, weshalb ich meinen Schirm mitnahm. Auf halbem Wege wurde ich von einem Trupp aufgehalten, der gerade eine provisorische Umzäunung niederriss, die verhindern sollte, dass Passanten in ein Loch in der Straße stürzten. Die Umzäunung bestand aus Brettern und Planken. In gebieterischem Ton forderte man mich auf, beim Einreißen behilflich zu sein – ich sähe stark aus und könne mich sicher nützlich machen. Da ich wusste, dass eine Weigerung vergeblich gewesen wäre, antwortete ich, ich sei entzückt, zu Diensten sein zu können. Dann fingen wir an zu reißen und zu brechen. Vergebens. Wir waren an die fünfzig Mann, doch wir rissen nicht im Takt und konnten der Umzäunung nicht beikommen. Da kam mir die Idee, ein Arbeitslied zu grölen, ein norwegisches Steinbrecherlied. Das half. Bald begannen die Bretter zu knacken, und kurz darauf fiel der Zaun. Wir schrien Hurra.

Ich wollte meinen Weg zum Restaurant fortsetzen. Da kommt mir ein Mann entgegen und nimmt sich mir nichts, dir nichts meinen Regenschirm, den ich dort abgestellt hatte, und spaziert damit von dannen. Er sagte, der Schirm gehöre ihm. Ich ließ meine Genossen von der Umzäunung bezeugen, dass ich diesen Schirm bei mir gehabt hatte, als ich eintraf.

»Ja«, sagte der Mann. »Aber ist denn nicht Revolution?«

Da schwiegen meine Zeugen und ließen den Mann gewähren.

Ich wollte das hingegen nicht tun und entriss ihm den Schirm mit Gewalt, und da sich dies nicht rücksichtsvoller bewerkstelligen ließ, als dass wir beide, der Mann und ich, uns auf der Straße wälzten, rief er um Hilfe. Wieder liefen meine Genossen herbei, und als der Mann sich beschwerte, ich hätte ihn überfallen, entgegnete ich:

»Mag sein. Aber ist denn nicht Revolution?«

Und damit nahm ich meinen Schirm und ging …

Abends, nach Beendigung meines Tagewerks, verfolgte ich die Tumulte gern aus sicherem Abstand. Die Stadt lag im Dunkeln, fast alle Gaslaternen waren zerstört und die Straßen wurden darum im Wesentlichen durch die Läden erleuchtet, wo man es aus Angst vor Plünderungen nicht wagte, alle Lichter zu löschen. Die Gardisten ritten über die Gehwege, wobei ihre großen Pferde in der trüben Beleuchtung wie Ungetüme wirkten, und unablässig, pausenlos erklang das Klappern von Hufeisen auf dem Asphalt und aus den Seitenstraßen das Gejohle der einen oder anderen Rotte.

Unterdessen hatten die Studenten – als sie erkannten, welches Ausmaß die Tumulte angenommen hatten – eine Proklamation verfasst, in der sie die Verantwortung für die Zerstörungen und die Straftaten von sich wiesen. Jetzt waren es nicht mehr die Studenten, die gegen das Einschreiten der Polizei beim Ball im Moulin Rouge protestierten, sondern das Gesindel von Paris, und die Studenten riefen jeden Einzelnen dazu auf, damit aufzuhören. Die Proklamation wurde vervielfältigt und an den Bäumen entlang des Boulevards angeschlagen.

Natürlich verhallte die Stimme der Vernunft ungehört.

Die Menge wollte der Polizei an den Kragen. Man marschierte weiterhin in langen Protestzügen zum Polizeipräfekten und ›bespuckte‹ ihn, man bewarf Polizeibedienstete mit Steinen oder schoss auf sie, wo immer man ihrer habhaft werden konnte, und als ein bedauernswerter Polizist eines späten Abends mit einer Order eine der Brücken über die Seine überqueren wollte, wurde er von einer Horde Männer ergriffen und in den Fluss geworfen. Am folgenden Tag kam er wieder an die Wasseroberfläche – weit unterhalb von Notre Dame – und wurde ins Leichenhaus gebracht.

Eines Abends geschah auf dem Boulevard St. Michel etwas, das besondere Aufmerksamkeit erregte. Ein einzelner Polizist hatte sich in die Menschenmenge auf dem Gehweg verirrt. Da zieht ein Herr eine lange Duellpistole aus seiner Jackentasche und erschießt ihn auf der Stelle. Als der Schuss krachte, galoppierte die Polizei herbei, in größter Hast wurde befragt und geantwortet sowie einige Festnahmen vorgenommen. Der Schuldige wurde jedoch nicht gefunden. Nachdem der Mörder die Pistole abgefeuert hatte, war er rasch einige Schritte zurückgetreten, die Menschenmenge hatte sich hinter ihm geschlossen, und er war für immer verschwunden. Der Herr war allerdings Offizier der Ehrenlegion, das hatten die Umstehenden gesehen. Sie schienen außerdem zu wissen, wer er war, auch wenn sie ihn nicht ausliefern wollten – ein Herr mit einem Namen, den ganz Paris und Frankreich, ja, ein großer Teil der Welt kennt. Dieser Mann wollte also an jenem Abend einen Menschen töten: Der Mord- und Revolutionsinstinkt des Franzosen war in ihm erwacht und hell entflammt …

Eines anderen Abends wurde ich dazu angestellt, Asphalt zu zertrümmern. Ich schlenderte ganz gemächlich eine Straße entlang, als mir eine Gruppe Menschen auffiel, die mit irgendetwas beschäftigt waren. Als ich nahe genug herangekommen war, rief man mich an, drückte mir eine Spitzhacke in die Hand und forderte mich auf, mitzuhelfen. Ein Stück entfernt hatte eine Kompanie der Garde Aufstellung genommen, um die Straße abzusperren, und soweit ich wusste, sollte der aufgebrochene Asphalt dazu dienen, die Garde damit zu bewerfen und sich gewaltsam Zugang zu der gesperrten Straße zu verschaffen. Ich war hier in eine schreckliche Sklavenarbeit hineingeraten und bereute zutiefst, dass ich nicht einen anderen Weg genommen hatte. Es half jedoch alles nichts: Ich hackte Asphalt. Dabei war ich jedoch nicht allein, mehrere Hacken taten Dienst und lösten einander ab. Der Pöbel stand daneben und schwang große Reden darüber, wie es der Garde nun ergehen würde: Ach, es würde der Garde übel ergehen, nicht viele Mitglieder der Garde würden mit dem Leben davonkommen!

Da hörten wir mit einem Mal, wie kommandiert wurde:

Bajonett – legt an!

Wir blickten auf.

Dieselbe Stimme brüllte:

Bajonett – Attacke!

Und die Gardekompanie kam direkt auf uns zu.

Da warfen wir feige unsere Hacken von uns und rannten. Gott helfe uns, wie wir rannten! Wir überließen dem Feind all unsere Geschosse, all unseren prächtigen Asphalt, und flohen. Jetzt kam es mir sehr zugute, dass ich lange Beine hatte und sie so gut zu benutzen wusste wie ein Hase, und wenn ich das über mich selbst sagen darf, so habe ich noch niemals einen Mann gesehen, der so hervorragend fliehen konnte wie ich. Ich erinnere mich noch daran, dass ich einen kleinen Franzosen geradewegs über den Haufen rannte und ihn gegen eine Mauer stieß, worauf er röchelnd umfiel. Es versteht sich von selbst, dass ich den meisten meiner Mitfliehenden voraus war, und als die Vordersten endlich stehen blieben, nutzte ich die allgemeine Verwirrung, um mich unbemerkt von der Asphaltschufterei fortzustehlen.

Ich kehrte auch nie wieder dorthin zurück …

Nach zwei Wochen flauten die Unruhen auf den Straßen allmählich ab, und nach drei Wochen war Paris wieder genauso gesetzestreu wie vorher. Doch die ramponierten Straßen zeugten noch lange Zeit von den Zerstörungen der jüngsten französischen Revolution. Eines bewirkten die Tumulte jedoch: Der Polizeipräfekt, der ›bespuckte‹ Lozé, musste abdanken.

Übersetzt von Maike Barth

Episode in London

Einmal kam ich nach London, – ja, das war übrigens vor drei Jahren, länger ist das nicht her, – und da schloss ich Bekanntschaft mit einer hinreißenden jungen Dame, einer Tochter des Mannes, mit dem ich geschäftlich ein bisschen zu tun hatte.

Ich lernte die Dame recht genau kennen, wir waren drei Wochen lang täglich zusammen und wurden gute Freunde. An einem Nachmittag will sie mir London zeigen, also gehen wir los, besichtigen Museen, Kunstsammlungen, Prachtbauten und Parks, und es war bereits Abend, als wir den Heimweg antraten.

In der Zwischenzeit fing die Natur an, nach mir zu rufen, ich komme, offen gesagt, in eine ziemliche Zwickmühle, wie das nach einem Spaziergang, der den ganzen Nachmittag dauert, durchaus passieren kann. Was sollte ich machen? Einfach verschwinden konnte ich nicht, und um Erlaubnis bitten, mich zurückzuziehen, wollte ich nicht; nun, kurz gesagt: Ich lasse los, wo ich gerade bin, lasse einfach los, lasse den Dingen ihren Lauf und werde natürlich klatschnass vom Gürtel bis zu den Schuhen.

Aber, verdammt nochmal, was hätte ich denn machen sollen, sagen Sie es mir? Ich hatte glücklicherweise einen außerordentlich langen Frühlingsmantel an und hoffte, meinen Zustand damit verstecken zu können.

Nun wollte das Schicksal, dass wir in einer stark beleuchteten Straße an einer Konditorei vorbeikamen, und hier an dieser Konditorei macht, Gott steh mir bei, meine Dame halt und bittet mich darum, ihr etwas zu essen zu besorgen.

Nun, das war natürlich ein nachvollziehbarer Wunsch, schließlich waren wir etwa den halben Tag herumgewandert und ziemlich erschöpft; aber ich musste trotzdem ablehnen. Da sieht sie mich an und denkt sicher, das ist aber gemein von mir, das abzulehnen, und fragt mich nach dem Grund. Ja, sage ich da, der Grund ist der und der, ich habe kein Geld, ich habe keinen Penny bei mir, keinen Penny! Nun, das war ein triftiger Grund, das konnte man nicht leugnen, und die Dame hatte tatsächlich auch kein Geld bei sich, nein, keinen Penny. Und dann stehen wir da und sehen uns an und lachen über unsere Lage. Aber dann weiß sie doch einen Rat, sie wirft einen Blick zu den Häusern hoch und sagt: Warten Sie kurz, bleiben Sie einen Moment hier stehen, ich habe eine Freundin in dem Haus da drüben, in der zweiten Etage, sie kann uns Geld geben!

Und schon ist meine Dame verschwunden. Sie bleibt mehrere Minuten lang weg und in dieser ganzen langen Zeit durchlitt ich die schlimmsten Qualen. Wie um alles in der Welt sollte ich mich verhalten, wenn sie jetzt mit dem Geld zurückkäme?

Ich konnte nicht in die Konditorei gehen, wo das Licht so entsetzlich hell brannte und sich so viele Damen und Herren aufhielten; ich würde sofort vor die Tür gesetzt werden, und dann wäre am Ende alles noch schlimmer, als es jetzt bereits war; ich musste die Zähne zusammenbeißen und sie bitten, mir den persönlichen Gefallen zu tun, selbst hineinzugehen, dann würde ich auf sie warten. Weitere Minuten vergingen, da kam meine Dame zurück; sie war sehr fröhlich, ja regelrecht glücklich und sagte nur, ihre Freundin sei nicht zu Hause, was aber, genau genommen, auch gleichgültig sei; sie könne gut noch einige Minuten durchhalten, es wäre sowieso höchstens noch eine Viertelstunde bis zu ihrem eigenen Abendessen. Sie bat mich auch um Entschuldigung, dass sie mich hatte warten lassen.

Und der Glückliche von uns beiden war ich, und das, obwohl ich klatschnass herumlief und schrecklich bei diesem Ausflug litt. Und nun kommt das Beste von allem, – ja, Sie haben den Rest vielleicht schon erraten? Doch, ich glaube ganz sicher, dass Sie den Rest schon erraten haben; aber ich will ihn trotzdem erzählen: Erst dieses Jahr, 1891, dämmerte mir, wie saudumm ich gewesen war. Ich habe mir die ganze Angelegenheit noch einmal gründlich durch den Kopf gehen lassen und dabei bemerkt, wie viel Bedeutung in all den Kleinigkeiten steckt: Meine Dame ist überhaupt keine Treppe hochgegangen, sie war gar nicht oben in der zweiten Etage; wenn ich es mir recht überlege, öffnete sie ein Tor zum Hinterhof und schlich hindurch; ich meine mich zu erinnern, dass sie durch dasselbe Tor vom Hinterhof auch wieder zurückkam, schleichend und still. Was beweist das? Nein, völlig klar; ist es nicht ein merkwürdiger Umstand, dass sie nicht in die zweite Etage ging, sondern stattdessen in den Hinterhof? He-he-he, ja, Sie verstehen das ganz ausgezeichnet, das kann ich sehen, aber ich bin bis 1891 nicht darauf gekommen, drei Jahre danach.

Sie verdächtigen mich hoffentlich nicht, das Ganze von langer Hand geplant zu haben, dass ich den Ausflug absichtlich so lange wie möglich ausdehnte, um meine Dame in Bedrängnis zu bringen, dass ich mich besonders von einer versteinerten Höhlenhyäne in einem Museum nicht losreißen konnte, sondern dreimal wieder zurückging, und gleichzeitig die junge Dame im Auge behielt, damit sie keinesfalls unbemerkt in einen Hinterhof verschwinden konnte – dessen verdächtigen Sie mich selbstverständlich nicht? Ich will nicht abstreiten, dass manch einer vielleicht so intrigant sein könnte und lieber selbst leiden würde, ja, lieber selbst vom Gürtel an nass wäre, als auf das zweifelhafte Vergnügen zu verzichten, eine schöne junge Frau sich in einer gewissen Pein winden zu sehen; aber mir ist das, wie gesagt, erst dieses Jahr klar geworden, drei Jahre, nachdem sich die Geschichte zugetragen hat. He-he-he, ja, wie finden Sie das? Was soll man zu so einer Gedankenlosigkeit wie in diesem Fall der meinen sagen? Verzeihen Sie, dass ich frage.

Übersetzt von Evelyn Dahlsrud

Anhang

Zu dieser Ausgabe

Die Erzählungen des jungen Hamsun, die uns den Autor von einer überraschenden Seite zeigen, sind so vielseitig, dass es nahe lag, sie von verschiedenen Übersetzerinnen ins Deutsche übertragen zu lassen. So konnte jede Erzählung mit ihrem eigenen Witz in den Blick genommen werden, und jede Übersetzerin durfte einen neuen Hamsun kennenlernen. In dieser Sammlung sind erfahrene Übersetzerinnen ebenso vertreten wie Neulinge. Sogar ein ganzes Übersetzungsseminar unter der Leitung von Christel Hildebrandt ist mit von der Partie und hat sich mit großer Begeisterung der Geschichte von der »Fliege mittlerer Größe« angenommen.

Die Übersetzung beruht auf der Ausgabe:

> Knut Hamsun: Samlede Verker. Bind 2. Oslo: Gyldendal Norsk Forlag, ^{18}1954.

Nachwort

Der norwegische Nobelpreisträger Knut Hamsun starb am 19. Februar 1952. Am 1. Januar 2023 erlosch damit das Urheberrecht, und aus diesem Anlass gab es allerlei neue Übersetzungen und Wiederauflagen seiner Werke. Das ist Grund zur Freude, vor allem, wenn es so weitergeht. Aber Hamsun ist, auch lange nach seinem Tod, immer für Überraschungen gut. Ausgerechnet er, der sich zumindest in seinen alten Tagen für technische Neuerungen kaum begeistern konnte – und wenn er es doch tat, nahm es ein böses Ende (haarsträubend sein Versuch, das Autofahren zu erlernen!) –, ausgerechnet Knut Hamsun muss sich im Jahre 2024 mit Künstlicher Intelligenz herumschlagen. Genauer gesagt, seine Nachkommen. Der rechtsextreme norwegische Verlag Legatum will in die Hörbuchproduktion einsteigen: Knut Hamsun, so die Vorankündigung, liest selbst seinen ersten großen Erfolgsroman, *Hunger*. Die Enkelgeneration ist geschockt. Doch nach dem Urheberrechtsgesetz lässt sich hier wohl wenig machen. Die Situation ist zu neu; bis auf Weiteres gilt das derzeitige Urheberrecht, und danach sind die Rechte frei. Zudem hat die Enkelgeneration weder Geld noch Energie, um sich mit einem »Monster wie der KI-Industrie« anzulegen, so die Enkelin Regine Hamsun.

Um Hamsuns Stimme rekonstruieren und per KI anderweitig nutzen zu können, braucht es Tonkonserven mit der echten Stimme – es gibt jedoch nur ein einziges Tondokument von ihm, ein Interview mit dem norwegischen Rundfunk NRK vom 1. Januar 1941. Damals war Hamsun 82 Jahre alt und – deutlich hörbar – absolut unzufrieden und verärgert über die Zustände in Norwegen und der Welt. Seine Stimme klingt alt, uralt, das Knistern im Hintergrund lässt sie dazu noch greisenhaft zittern. Eine Stimme also, die eher zu dem schwergewichtigen Roman *Segen der Erde* (1917) passen würde als zu dem freakigen *Hunger* (1890), den er mit Ende 20 schrieb. Aber der Legatum-Verlag hat sich auf *Hunger* kapriziert, warum auch immer.

Stellen wir uns eine solche Stimme zu den Erzählungen *Kleinstadtleben* oder *Hinein in den süßen Sommer* vor, die aus derselben Schaffensphase wie der Erstlingsroman stammen! Das Ergebnis wäre »grotesk«, wie Regine Hamsun zum Vorhaben des Verlags sagt: »Seltsam ist auch, dass sie sich ausgerechnet ihn ausgesucht haben. Knut Hamsuns Stimme war nicht gerade schön. Er war ja schwerhörig, und das verändert die Stimme beim Sprechen eben.« Die Retortenstimme wird zweifellos zu dem Bild passen, das nicht nur hierzulande von Knut Hamsun vorherrschend ist: ein stockkonservativer, zittriger alter Mann. Regine Hamsun hat ihren berühmten Großvater nicht mehr erlebt. Auf die Frage, ob es in der Hamsun-Familie Erinnerungen an seine Art zu sprechen und zu erzählen gibt, antwortet sie: »Knut Hamsun quoll vor Charme doch geradezu über. Und er war ungeheuer witzig.

Er hatte einen warmen, spitzfindigen Humor!« Wenn wir vor diesem Hintergrund das Bild von Hamsun als düsterem Griesgram ein wenig ins Wanken bringen und uns lieber der Familienüberlieferung anschließen wollen, lohnt es sich, den jungen Hamsun kennenzulernen.

Knut Hamsuns spätere Schandtaten sollen damit nicht unter den Teppich gekehrt werden: Er hat Vidkun Quisling, Führer der norwegischen Nazi-Organisation ›Nasjonal Samling‹ unterstützt; er hat dem im KZ gefolterten Carl von Ossietzky mehr oder weniger vorgeworfen, an seinem Elend selbst schuld zu sein; er hatte nichts dagegen, dass seine Söhne sich als Kriegsfreiwillige an die Ostfront meldeten. An dieser Stelle soll Hamsuns Vergangenheit aber nicht noch einmal aufgearbeitet oder angeführt werden, was möglicherweise zu seinen Gunsten spricht. Es sei nur vorausgesagt, dass sich das Bild, das sich aus den Verfehlungen seiner späten Jahre und dem genialen, aber bleischweren Roman *Segen der Erde* ergibt, verfestigen und keinen Raum lassen wird für den jungen Bürgerschreck, der Knut Hamsun einmal war. Jener Hamsun, der die vorliegenden Erzählungen zu Papier gebracht hat.

Es war die Zeit, in der Hamsun sich politisch auf der extremen Linken verortete und sich als Anarchist bezeichnete. Wie ernst ihm die Sache mit dem Anarchismus wirklich war, ist bisher nicht erforscht. Immerhin trug er 1886, damals Straßenbahnschaffner in Chicago, nach der Hinrichtung der Haymarket-Märtyrer ein schwarzes Band am Revers – als einer von wenigen in seinem Kollegenkreis und trotz der Drohungen seiner Vorgesetzten.

Nach Chicago führt uns eine Erzählung in unserem Buch, *Frauensieg*. Wir sehen, wie gut Hamsun sich mit dem Betrieb der Straßenbahnen auskannte. Dass er, ausgehend von diesem praktischen Wissen, nun eine Geschichte spinnt, die in jeder Anthologie ›klassischer Kriminalgeschichten‹ einen Ehrenplatz verdient hätte, zeigt uns einen ganz anderen Hamsun als den von *Segen der Erde.* Er hat noch mehr Geschichten geschrieben, die in den USA spielen, die allerdings eher ernst und oft sogar tragisch sind. Darin verarbeitet er seine Erlebnisse als Hobo und wandernder Erntearbeiter – und wenn man es nicht besser wüsste, würde man beim ersten Lesen darauf tippen, hier auf noch unbekannte Erzählungen von Jack London gestoßen zu sein (gegenseitige Beeinflussung ist allerdings ausgeschlossen, Jack London wurde 1876 geboren). Wir können nur bedauern, dass Hamsun bereits wieder in Norwegen lebte und sich sein Brot als Ausrufer bei antispiritistischen Kunststücken verdiente, als am Yukon Gold gefunden wurde.

Der frühere Anarchist hat sicher herzlich gelacht, als er als scheinbar naiver Zuschauer über die *Straßenrevolution* in Paris schrieb. Und der junge Hamsun, ewig auf der Suche nach der einzig wahren leidenschaftlichen Liebe (und immer frustriert, wenn die Angebetete sich schließlich ergab und ihrerseits ihre Liebe gestand, worauf er sich davonmachte und auf die Suche nach der nächsten großen Liebe begab), konnte sich wunderbar über seine eigene Person lustig machen, wie die Erzählung *Die Königin von Saba* zeigt. Selbst wenn die Leidenschaft ein bitterböses Ende nimmt, ist das bei Hamsun komisch. Wie auch die Geschichte der *Fliege von mittlerer Größe* zeigt.

Walter Benjamin wird die Erkenntnis nachgesagt, über Knut Hamsun könne man »nicht zusammenhängend« schreiben. Hamsun entzog und entzieht sich allen Kategorien, immer schert er aus und tut etwas anderes als erwartet; und manches aus seinen wilden Jahren hinterlässt im Leben des konservativ gewordenen Dichterhäuptlings seine Spuren. Im Jahr 1929 rief der deutsche Anarchist, Dichter und Tippelbruder Gregor Gog einen Kongress der Vagabunden aus. Vom 21. bis 23. Mai waren alle Vagabunden und Landstreicherinnen nach Stuttgart eingeladen, um sich gemeinsam gegen die Obrigkeit, den Kapitalismus und die »kerkerbauende Gesellschaft« (Gog) zu wehren. Knut Hamsun, der sich den Kongressteilnehmenden innig verbunden fühlte, sandte zur Eröffnung eine Grußbotschaft – die voller Stolz verlesen wurde, zusammen mit denen von Erich Mühsam und Sinclair Lewis. Alle Anwesenden hielten Hamsun weiterhin für einen der Ihren. So lange hielt sich also das Bild von Knut Hamsun als unangepasstem Antibürger, und auch das ist doch ein Grund, an diese Facette seines rätselhaften Wesens zu erinnern.

Bei den ausgesuchten Erzählungen in diesem Buch ging es uns darum, den witzigen, selbstironischen Hamsun zu zeigen, den Dichter mit dem Hang zu grotesken Übertreibungen und überraschenden Wendungen, den Dichter der überaus menschlichen Situationen (denken wir nur an den armen Ich-Erzähler, der weit und breit keine Toilette findet ...). Typisch für den Stil seiner frühen Jahre sind auch seine dauernden Wechsel der Zeitformen. Ist man darauf nicht vorbereitet, kann einen dieses wilde Spiel mit den Erzählzeiten durchaus überraschen. Er wechselt zwischen Gegenwart und Vergangenheit von einem Absatz zum nächsten, gelegentlich sogar von einem Satz zum nächsten. Man hätte dies in der vorliegenden Übersetzung glätten können, doch dann wäre ein sehr raffiniertes Stilmittel von Hamsun verlorengegangen, denn auf diese Weise wirkt das Erzählte viel mündlicher.

Allerdings darf nicht unerwähnt bleiben, dass den Erzählungen zur Zeit ihrer ersten Veröffentlichung kein großer

Erfolg beschieden war. Überhaupt musste Hamsun lange warten, bis er zu dem Bestsellerautor wurde, als den wir ihn heute kennen.

So gut wie keine Abnehmer fanden seine ersten, auf eigene Kosten gedruckten Veröffentlichungen, allesamt Alm- und Fjorddramen, entstanden unter dem Einfluss der Bauernerzählungen des von ihm so verehrten Landsmannes Bjørnstjerne Bjørnson (der 1903 den ersten Literaturnobelpreis nach Norwegen holte). Seinen künstlerischen Durchbruch erlangte Hamsun 1890 mit dem Roman *Hunger*. Zuvor hatte er seinen Stil radikal verändert: *Hunger* weist keine Spuren mehr von Alm- und Fjordidylle auf, der Roman spielt in der Großstadt unter verkrachten Künstlern. Die Kritiker sahen in dem Werk den »neuen Menschen«, Opfer seiner dekadenten Nerven und des Tempos der modernen Zeit. Sie riefen den Autor zum Genie aus und stellten ihn auf eine Stufe mit Dostojewski. Ein höheres Lob war damals kaum denkbar.

Das Publikum blieb zunächst gelassen, verkaufsmäßig konnte sich *Hunger* noch längst nicht mit den späteren Bestsellern messen. Das galt auch für die anderen Romane dieser Periode, von denen neben *Hunger* der bekannteste *Mysterien* (1892) ist (in diesem Roman gönnt Hamsun sich übrigens das Vergnügen, auf vielen Seiten das »kleine Wesen«, wie er Bjørnsons Erzrivalen Henrik Ibsen nannte, auf wunderbar formulierte Weise mit Hohn und Spott zu überschütten). Der große Erfolg setzte erst ein, als Hamsun, des bohémienhaften Lebens in den großen Städten müde (wie er behauptete), seine Romane abermals auf dem Land ansiedelte und seiner nordnorwegischen Heimat, vor allem seinem Heimatbezirk Nordland, ein literarisches Denkmal setzte. In Nordland spielen Romane wie *Pan* (1894), *Benoni* (1909), *Rosa*

(1909) und natürlich *Segen der Erde* (1917), der Roman, der ihm den Nobelpreis einbrachte.

Der alte Hamsun hingegen suchte sich für seine Romane dann wieder andere Schauplätze – *Die Stadt Segelfoss* (1915), *Die Weiber am Brunnen* (1920) und die Landstreicher-Trilogie (1927) spielen an der norwegischen Südküste; *Das letzte Kapitel* (1923) im Gebirge in der Nähe der ostnorwegischen Stadt Lillehammer. Aber das in den Büchern gezeichnete Bild der Welt ändert sich nicht mehr: Die Welt ist schlecht und ungerecht, die Reichen und Mächtigen nutzen ihre Macht und ihren Reichtum gewissenlos aus, und wenn die Armen überleben wollen, müssen sie zu allen Mitteln greifen. Für die Wahl dieser Mittel zeigt Hamsun stets Verständnis, zugleich kann das Armeleutekind Hamsun sich zeitlebens bei der Schilderung der Oberschicht nicht von Bewunderung und leisem Neid befreien – weshalb ihre Angehörigen eben nicht als negative Karikaturen erscheinen. Und darin, dass er menschliche Schwächen aufspießt und vorführt wie kein anderer, dass er allem versöhnliche Züge abgewinnt, dass niemand nur gut und niemand nur schlecht ist, darin findet sich sowohl der alte als auch der junge Hamsun. Die Erzählungen seiner frühen Schaffenszeit weisen den Weg zu den großen Romanen der späteren Jahre.

Gabriele Haefs

Diese Übersetzung wurde mit finanzieller Unterstützung von NORLA veröffentlicht.

NORLA
Norwegian
Literature Abroad

2024 Philipp Reclam jun. Verlag GmbH,
Siemensstraße 32, 71254 Ditzingen
Druck und buchbinderische Verarbeitung: GGP Media GmbH,
Karl-Marx-Straße 24, 07381 Pößneck
Printed in Germany 2024
RECLAM ist eine eingetragene Marke
der Philipp Reclam jun. GmbH & Co. KG, Stuttgart
ISBN 978-3-15-011490-2

www.reclam.de

FSC
www.fsc.org
MIX
Papier | Fördert
gute Waldnutzung
FSC® C014496